여중생A

4

여중생A

4

허5파6 지음

VIOHㅂTㄱ
ViaBook Publisher

작가의 말

안녕하세요, 허5파6입니다.

『여중생A』를 웹툰으로 만나 이 책까지 함께해주신 분도, 이 책으로 처음 뵙게 된 분도 정말 정말 반갑습니다.

제가 『여중생A』를 통해 그리고 싶었던 주제는 '자존감'이었습니다. 사람의 자존감은 외부 요소에 의해 어떻게 변화되는가, 자존감이 한 사람의 인생에 얼마나 지대한 영향을 미칠 수 있는가에 대한 이야기였지요. 주인공이 처한 어려운 환경에서 억압되었던 자존감이, 승리의 기억을 그러모아 새로운 세계로 나아가는 용기가 되는 모습을 그리는 것이 만화의 목표였습니다.

그리고 또 하나, 약간 비밀스러운 바람은, 『여중생A』가 소녀들에게 많이 읽히면 어떨까, 하는 것이었습니다. 생각이 많은 청소년기의 소녀들은, 어려움에 처했을 때 자신의 잘못보다 더욱 자신을 질책하고, 근본적인 원인이 자신에게 있다며 스스로를 원망해요. 대부분의 경우 당신의 잘못이 아니라는 메시지를 보내고 싶었습니다.

『여중생A』의 배경이 되는, 2000년대 초 · 중반은 인터넷이 각 가정의 PC에 자리 잡고 인터넷 문화가 갓 생겨날 때였지요. 당시 키워드는 '엽기'로, 각종 수위 높은 게시물들이 제재 없이 마구 공유되었어요. 인터넷에서 일어나는 일을 현실 세계로 끌어오는 데 익숙한 사람들과 그렇지 않은 사람들이 섞여 여러 사건 사고가 일어났고요. 이 시절의 독특한 아이템이나 현상들이 아직도 강렬하게 기억에 남아 만화 곳곳에 넣고서 공감하는 분들이 있기를 은근하게 바랐는데 생각보다 즐거워해주시는 분들이 많아 저도 재미있었습니다.

연재 중인 만화가 단행본으로 빚어지면 제 마음 한편에 자부심이 됩니다. 책을 정성스레 만들어주신 비아북 출판사 식구분들과 책으로 다시 한 번 미래를 만나러 와주신 여러분들께 무한한 감사를 드립니다.

2017년 3월

허5파6

차례

작가의 말 · · · · · · · · · · 4

73화~**79**화 · · · · · · · · · · 8

다섯 컷 만화 | **서코 가는 길** · · · · · · · · · · 72

80화~**90**화 · · · · · · · · · · 74

네 컷 만화 | **집에 오는 길** · · · · · · · · · · 176

91화~**96**화 · · · · · · · · · · 178

네 컷 만화 | **엄마 앞에서 네코 미미** · · · · 240

작가의 일상 | **어려운 얼굴, 쉬운 얼굴** · · · 242

미래의 노래방 추천곡 50선 · · · · · · · · 244

여중생A 캘리그래피 이벤트 당선작 · · · · 246

일러두기

본문의 내용 중 게임상의 대화나 인터넷 용어는
작가의 의도를 살리기 위해 별도의 교정 없이
원문을 그대로 반영했습니다.

뭘 웃어, 갑자기.
파앗

앗, 미안…
그…
코스프레가
생각나 가지고…
이러면 안 되지,
사과하러 온 건데…

그동안
잘 지냈…어…
나요?
별로.
얼마 전에
여친한테 차였어.
그냥
반말해라.
엉거
주춤

그래서 머리
자른 거야?
아니거든,
난 원래 머리
자주 바꿔.

걱정과 달리
현재희는 어제 만난 것처럼
다름 없었다.
그래서 나는
새로운 사람을
밀어낼 수밖에 없었던
그때 이야기를
솔직하게 할 수 있었다.
그 범위는 학교 생활에
국한되었지만.

내내 미안하다고
꼭 이야기하고 싶었어.
사과는 됐어.
그래서,
앞으로 나랑
어떻게 하고
싶다는 거야?

다시…
친구가 되었으면
좋겠어.

흠, 어쩌지~
난 여자랑은
친구 안 하는
주의인데.

이거 혹시
드라마에서 많이
나오던 그런
말인가…?
친구 아닌
연인, 뭐 그런…
아니겠지?
그냥 내가
싫은, 그런…

하긴…
알겠어…

또 이상한 생각
하고 있는 거
아냐?

에휴, 그래.
친구 하자, 해.

저기,
남자랑 여자는
친구가 될 수 없다고
생각해?

아까 그거
무슨 뜻이야?

그게
아니라…

말을 잘못했군.

난 보통
몇 번 만나면
사귀니까.

너랑도 계속
만났으면
사귀었을걸?

사, 사귀어?
나, 나랑?
우리가?

서점 오면
미술 서적 보는 게 좋아.
무겁고 비싼 책이니까.
난
패션잡지.
그리구,
여기 여기~
이거 내가
제일 좋아하는
책이야!
『生의 이면』?
그 책에서
공감하는 부분에
밑줄을 쳐보려고
했거든?
그런데 그만뒀어.
너무 많아서
팔이 아플 지경
이었으니까.
그리고
또 좋아하는 책은
이거야!
빌려간
비디오는
거꾸로
꽂혀 있다
진재현 지음
… 이게?
응!
알아?!
읽어봤어?

알긴 아는데,
읽다가 재미없어서
덮었지.
부들
부들

바보
바보!!!
넌 아무것도
몰라!
홱

이 책을 보면,
작가도 아닌데
글을 쓰고 싶게
만들어.
쉽게 볼 수 있는
문장을 나열하는데도
유니크하달까,
이 책 속에
나열된 비디오도
찾아 봤는데,
다 좋았어.

그런데
이 책 말곤
책을 안 내셔…
정보도 거의
없고…

그리구, 그리구~
제일 좋아하는
영화는「점원들」
이라는 영화인데…
아, 그거
좋지.

알아?
「점원들」 봤어?!
으응.
흔들
등장인물 다 좋지만
난 왠지 제이가
제일 좋더라~
「제이 앤
사일런트 밥」?
은 봤겠지?
「도그마」?
도 알아?
끄덕
아무튼 내가
좋아하는 책이랑
영화는 그거야.
우린 이제
'친구'니까,
말해주고
싶었어.
'친구'
잖아!
…
신경 쓰고
있었군.
내가 친구로서
말하는 건데,
자주 웃어.
아까 너 왔을 때
화난 척하려고 했는데
웃는 거 보니까
귀여워서 다 풀리더라.

간질
간질
부들
부들

나, 나도 친구로서
말하는 건데!

오늘 왜 이러는 거야?
평소엔 이런 이미지
였잖아!
내가 희나고
희나가 곧 나다.
왜 이렇게
차분한 거냐고!

지금도 할 수
있는데?
깜짝
가발하고
드레스 가져와.

아무튼!
나는 예전이 더
편한 것 같은데…

왜애~?

하지 말라고,
느끼한 짓!!
왠지
짜증 나~!!
ㅋㅋㅋ

저기, 다시
친구가 되어줘서
고마워.

너는 친구가
많아서 잘
모르겠지만…
이렇게 마음 맞는
친구가 있다는 게
나한텐 정말…
사는 이유가
된다고 할까…

나도 같아.

나도 사람을
영화로만 만나야 했던
시기가 있었으니까.

그래서
네가 떠나려 할 때
그렇게 화가 났나봐.

그때 나를
버리려던 미래쨩은
참으로 매정했지…
그, 그건
버리려던 게
아니라…!
말했잖아!
그때 사정…

버스
왔는데…
지금도 이렇게
나를 버리고 가려는
미래쨩…

어떡해?!
나 가지 마?
ㅋㅋ
아냐, 얼른 가.
늦었어.
왜지?

왜 갑자기 더
멋있어진 것 같지?

봐봐,
완전 잘생겼지?
으응,
그런 것 같다.
그림인데?
잘생겼다고?
아~ 아키라짱
완전 사랑해!
결혼하고 싶어!
앗, 하늘이
그거구나?
오타쿠!
뭐?
고오오
?
너 오타쿠에 대한
뜻은 알고나 하는 소리야?
어…
만화나
애니메이션
좋아하는 사람,
아니야…?
오타쿠란
무언가에 광적으로
빠져 있는 사람을
말하는 거고, 애니나
만화 본다고 다
오타쿠 아니거든?
그리고 그렇게
치면 바둑이나 골프
취미로 하는 사람도
바둑 오타쿠,
골프 오타쿠라고 할 수
있는 거야!
알. 겠. 어.?
나, 나도
영화 오타쿠랑
책 오타쿠야!

휴…
그런 게
아니라고.
절레
절레
?
?

이번 신간
봤어? 『절대 검사
아키라』!
당연하지!

화났나?
난 진짜
나쁜 뜻으로
말한 거
아닌데…

도서실
어차피 같이
밥 먹으니까 이따
말해봐야지…

점심시간에
늦겠어!
얼른 정리하고
가자.

애들
기다리겠다!

어?

아무도…
없어!

오늘 내가
도서부 일이
바빠서 계속
왔다 갔다 하긴
했지만…
점심시간
전까진 분명
다들 자리에
있었는데…?

그날 밥 한 번
먹은 건
그냥
우연의 일치였나?

결국 예전으로
돌아가는 건가?
모든 게…
그래…
작은 호의에 내가
또 너무 우쭐해졌던
거야…
콕
스르륵
많이 놀랬어?
미안…
아냐, 그냥…
긴장하고
있었나봐.
…

…

무슨 고민 있어?
말해봐, 들어줄게.

아, 아냐.
이제부터 집중할게.
내가 분위기를
흐렸네.

학교 친구
문제지?
그 새로
사귀었다는 애들.
어, 어떻게
알았어?

너 어차피 친구, 나랑
학교에 걔네들밖에
없잖아.
어떻게 그런
심하고 맞는 말을…

그런데 이젠 너밖에
없…을지도…

점심시간에
돌아와 보니까…
흠…

물어보면 되잖아.
응?

직접 물어보라고.
개네들이 무슨 생각하는지
어차피 우린 모르잖아.

여, 역시 내가 싫은
거냐고 어떻게 물어봐…
솔직히 한 번 먹어준 것도
고마워해야 하는
건데…

“오늘 점심시간에
안 보이던데,
무슨 일 있었어?”
바보야, 누가
그렇게 물어보래?
이렇게
물어봐야지.

하나,
두울, 셋!
보낸다!

이걸로 확인 사살
당하면 어떡해~!
걔네가 피하는 건데
내가 눈치 없이 구는
걸 수도 있잖아…

휙

전송
!!

이제 어떡할 거야…
잘못되면 책임져…
얼마든지.

전화 왔다,
받어.

으응…
혼자 먹었는데…

박하늘이
얘기 안 했나?
난 미술대회
접수하러 갔었어.
이양선은 병원 갔고.
문자 하지
그랬어.

다행이다…
너네랑 계속 같이
밥 먹을 수 있어서
기뻐.
무서워서
못했어.

잘하면서
괜히 그래.
두근
두근

한때는 죽으려고도
했다며.
그거에 비하면
이런 거 물어보는 건
식은 죽 먹기잖아.
…

서점
그래, 부딪친다고 해도 여기서 더 나빠질 것도 없어.

하늘이가 왜 애들 사정을 이야기해주지 않았는지, 아직도 나에게 화가 난 것인지… 나 혼자 생각해봤자 모를 일이야.
만화
어쨌든, 하늘이하고도 친해지고 싶어. 유진이랑 양선이 친구니까.

하늘아, 나도 봤어! 『절대 검사 아키라』!
하늘이가 보던 만화는 다음 날 어떻게 말을 붙여야 할지에 대한 불안감도 들지 않을 만큼 재미있었다.

완전 멋있어~! 네가 왜 잘생겼다고 했는지 알 것 같아!
그치? 그치?!
근데 내 남편이니까 건들지 마라?

저기, 어제 그 말은… 기분 나빴다면 미안해.
뭐가? 기억 안 나.
그, 그래…

절대 검사 아키라
3

오늘은
그거 안 가져와?

물.
아, 맞다!

같이 밥을 먹게 된 후로
나는 아이들에게
물을 가져다주고 있다.
뭐라도
보답하고 싶어서
고민하다가
생각해낸 건데,
꽤 괜찮은
방법 같다.
하늘이도
저렇게 물을
찾으니까.

반은 나 줘.
내가 가져갈게.
내가 다
들고 갈 수
있는데…

물에 꿀을 탔나?
이렇게 달달하니~

저기,
더러운 이야기
해도 돼?
해봐.

급식 먹고 나서
제일 달라진 거
뭔지 알아?
뭔데?

응가 잘 나옴.
음.

응가!
부럽

찌릿
…

…

가정통신문
이다.

급식비 납입
통지서…
하긴…
라면만 먹을 때도
돈이 들었는데
이 진수성찬을
거저 줄 리가
없지.

집에
돈이 있으려나?
아니, 그 전에
엄마가 있나부터…

저…

이런 말 하기
조심스럽지만…

나 봉사 활동 하면서
알게 된 건데,
학교에 급식비 지원
신청하면 받을 수도
있거든.
담임선생님께
한번 말씀드려 봐.

내가 네 사정을
알게 된 거 아직은
용서할 수
없겠지만…
그냥
조금이라도
도움이 되고
싶었어.

정말 다른 뜻은
없고…
알아, 알아!
무슨 말인지.
고마워.

으응…
…

저기, 요즘은
글 안 써?

너한테
그런 이야기를 듣고
어떻게 계속 글을
쓸 수 있겠니…
그때 이야기
계속 마음에 담아
두고 있었구나!
네 글엔 마음이
없다고 했던…

그땐…
정말 홧김에 한
말이었어!
나는 네 글
좋다고 생각해!

내가 네 과학 글짓기가
더 좋았다고 한 건
진심이었거든. 그건…
헉!

그, 그러니까…
네가 내 글 좋다고 했지만
내가 최근에 인터넷에 글을
올려봤는데 무플이었고
완전 묻힌 적이 있었어,
그것처럼…
누가 네 글을
무시했다고?
아니, 그건
무시랑 좀 달라.
시험장을 잘못 찾아간
거랄까…

그… 수학을 잘하면
국어를 못하고, 국어를 잘하면
수학을 못하고…
그런 거 있잖아, 보통?
?

넌…
못해본 적이
없구나?
끄덕

부모님이 글은
서울대 간 다음부터
쓰게 해준다고
했거든.
네가 한 말에
상처 받은 것도
맞지만… 지금은
때가 아니야.

글을 쓰게 해주다니?
지금 이 순간에도 쓸 수 있는 게
글인데…
좋은 대학에 가면
더 좋은 글을
쓸 수 있게
되는 건가?

음… 어쨌든
알아서 잘 하겠지?
똑똑한 애니까.

그래서 요즘 그렇게
공부 열심히 하는
거구나?
그것도
있고…
이백합!

백합…
난 그럼 과외
숙제해야 돼서
이만.

…
어색

…
백합이가 요즘
공부하느라
바쁜가봐.

그래도 방학
동안엔 많이 놀았지?
이젠 개학했으니까…
안 놀았어.

방학 동안에도
바쁘다고 해서
한 번도 못 봤는데,
지금도 저래.

그 말을 하는데 표정이 흉흉 하더라고.
그런 얼굴 하는 거 처음 봐서 놀랐어.
누군가랑 사귀게 되면 그렇게 다른 면도 보게 되는 걸까?
잘은 몰라도 걔네 처음엔 서로 좋아서 사귀었을 텐데.
그렇게 사귀게 된 후에는 필연적으로 끝이 있을 거라는 게 슬프다.
나는 반대로 생각하는데.
그 사람이 영원히 떠나지 않길 바라서 사귀자고 하거든.
그럼 넌 먼저 헤어지자고 한 적, 한 번도 없어?
응.
신기하네, 가는 사람 안 붙잡는 타입일 줄 알았어.
그랬으면 좀 덜 차였으려나?
왜 그렇게 차이고 다니냐? 사귀면 막 이상하게 변하는 거 아니야?
최근에는…

여장한 사진 보고
깼다고 헤어지자고
하더라.
인터넷에 좀
돌았거든.

너 그러는 거
하루 이틀인가.
게임에선 더한 것도
많이 했는데.

하긴, 그러고 보면
우리가 참 오래 알고
지냈어, 그치?
그렇구나…!
게임 같이한
시간까지
따지면…

감상에 좀
젖을라
했더니…
나 지금
느끼한 짓 했는데.
안 때려?

역시
지금이
좋아.

'친구'의
다른 얼굴을 보는 건
무서우니까.

이번 주말에?
나도?
응.

시험 공부
하려고 모이는
거거든?
신난다~
재밌겠다!
ㅋㅋ

난 패스,
그날 데이트가
있어서.

우와~ 하늘이
남자 친구 있어?
대단하다…
뭐 그 정도
가지고.
내 애인님이
말이야~
하늘이가
말 붙여
준다!

왔니?
거기 앉아라.
선생님이 알아봤는데,
일반적인 급식비 지원 대상자는 아니더구나.
아… 그럼 탈락된 거예요?
혹시 집에서 경제활동을 하시는 분이 계시니?
네, 엄마가 공장에 다니시는 것 같아요.
그 소득이 있어서 대상자가 되지 않았을 거다.
애매하게 가난한 건 쓸 데가 없네요.
교무실

… 그런데 담임선생님 재량으로 추천해주셔서 지원받을 수 있을 것 같아.
정말? 잘됐다…
저기, 잠깐만.
응?
이거, 보답이라고 하기엔 뭐하지만… 내가 전에 썼던 「심연의 눈동자」라는 글인데,
인터넷에 올렸다가 무플 받았던 그거.
아!
…
…
이… 이 글에 리플이 하나도 안 달렸다고?
응.
이 글만?
응, 내 거만.
말도 안 돼…
네 글이 너무 어려워서 아무도 이해를 못한 게 아닐까?
음~
난 그렇게 생각 안 해.

무플은
그 자체로 수많은
사람들의 목소리를
내고 있는 거야.
"뭐야, 이건?"
"재미없다."
"훽~!"
이렇게.

… 넌
그런 취급을 받고도
아무렇지 않아?
글은 내 분신과
같은 거잖아.
분신?
그렇게는
생각해본
적 없는데…
글은 그냥
표현의 수단일
뿐이잖아.
글은 나 자신이
아니야.

… 그래서 그렇게
담담할 수 있나?

그래서 그렇게
상처를 받았던 건가?

?
이번 주말에?
응!
우리 그날
만나기로 했잖아.
헉!
맞다…!
미안…
너무 좋아서 갈 수
있다고 해버렸는데
어쩌지.
까맣게
잊고 있었네.
난
괜찮으니까
친구들하고
놀아.
그래두…
"나를 버리고 가는
미래쨩…"
이럴 거지?!
다 알아,
이제!
아니거든.
나랑은
언제든지
놀 수 있으니까
그렇지.
내 흉내야?
ㅋㅋ

하늘이 남친도
우리처럼 인터넷으로
만났대!
신기하지!
흠…
걔 조심하라고
그래.
뭐가?
난 널 오랫동안 봤고,
괜찮아 보여서
만나자고 한 거잖아.
넌 어떨지
모르겠지만.
난 딱히
믿고 만나자고
한 건 아닌데,
그땐
안 좋은 생각
까지 하고
있었고…
인터넷에서 사람
만나는 애들 중에
제대로 된 애들이
있겠냐.
…

너보고 그런 거 아니야!

흠, 나야말로 사회부적응자 인걸.

너, 그 틈날 때마다 자기비하 하는 거, 좋은 거 아니다?

!

이백합의 말에도 일리는 있군.

내가 쓰는 글이 나의 분신이라고 해도, 난 어차피 나에 대한 기대치가 없으니까.

설마, 대학생?
26살… 정도…
완~전~
아저씨잖아!!
헤어져!
사랑엔
나이도 없는
거거든?!
『카드 캡터
사쿠라』도
안 본 거야?!
그러면서 왜
나이 밝힐 때
망설였는데?!
그건…
오빠가 말하지
말라고 해서…
거봐!
그 사람도
찔리는 거지.
미래야.
선생님 좀 볼까.
헤어져!
헤어져!

받은 메시지
보낸이 : 케이 오라버니
랄까, 하늘 양
오늘은 오빠 집에서
노는 건 어떠신지요
ㅇㅅㅇ~
…

이제 급식비 지원
신청서만 내면
된단다.
네!
감사합니다
선생님…

가방, 여기.
고마워!

여기
있군.
학기 초에
쓰게 했던 '학생
기초 조사서'…
미래는 보충이
필요하겠어.

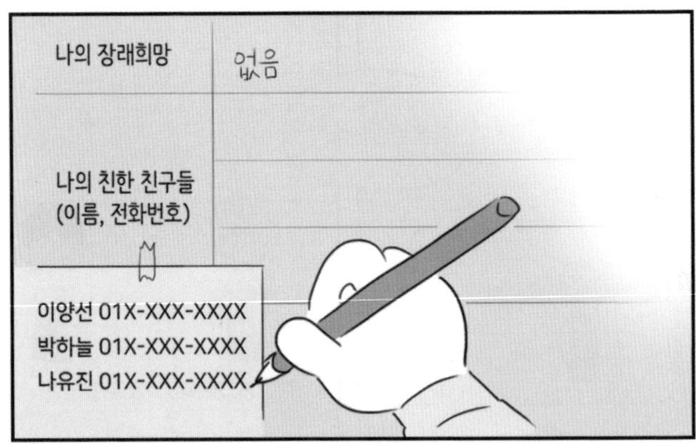
나의 장래희망
없음
나의 친한 친구들
(이름, 전화번호)
이양선 01X-XXX-XXXX
박하늘 01X-XXX-XXXX
나유진 01X-XXX-XXXX

헤어졌니?
헤어졌지?

너가 왜 자꾸 헤어지라 마라야!

그, 그러네… 얘는 나를 친구로 생각하지 않을 수도 있는데… 나 혼자 괜히…
흐응~ 알았다.

내가 오빠랑 사귀는 게 부러워서 질투하는 거지?
뭐?

하긴~! 오라버니랑 헤어져도 말이야.
나랑 만나려고 하는 오라버니들이 워낙 많아서 말야~
어디서 그렇게 만나는데?

메신저 들어와, 알려줄게.
메신저? '바디바디' 깔아야겠다.
아니, 우린 그런 거 안 써.
여기 내 아이디.

우리는 우리만의 특별한
메신저로 대화를 하고 있어!

제목 눈 썩게 해서 죄송해요오오… ;ㅁ;
형민쿤 으악 유키님은 오늘도 ㅜ_ㅠ
은빛황좌 아름다우십니다…! (털썩)

헐 이거 너야?
완전 다른 사람 같다.
원래 코스프레란 건
그런 거야.
리플도 엄청 많네.
내가 인기가 좀
많거든.

은하수검객 화끈하십니다 +_+!!
그린레인 최, 최고…(코피)
gudalszns 저런 메이드라면
방랑자M군 아가씨 저와 함께
하늘다람쥐 ……털썩
헌터™ 제 취향이 메이
어떻게 아시
djksdlfjs 복종하는 느
마키나 츄릅…
이걸…
인기라고
봐야 되나…

그 사이트
사람들 좀 이상한 거
같아.

네가 몰라서 그래,
다 좋은 사람들이야.
… 성희롱하는 거
아니야?
칭찬하는 거야,
바보야.
그럼…
남자 친구랑은 계속
사귈 거야?

흠…
안 그래도 헤어질까
생각 중이야.
진짜?!
혹시
내 말을
듣고?
그 오빠가
양다리 걸친 거
걸렸거든.
나보다
한 살 어린 애랑.
그, 그러니까…
26살짜리 아저씨가
너랑 사귀다가,
너보다 어린 애랑 바람을
피운 거…?
응.
도대체 이게
무슨 일이야?
이런 게
뉴 밀레니엄인가?!
?
?
나 이번에
코스프레한 사진도
볼래?

뭐야?
이거 진짜 피야?
너 다쳤어?
아니야.
정신병동이라는
설정으로 찍은
거야.

무슨 일이
벌어지고
있는 거야.
대체…
인터넷 세계에선…
…

그래도 헤어진다니
다행이지.
요즘에 대화도
많이 했고,
조금 친해진 느낌도
들어.

잘됐네.
이제 물 떠주고
그런 건
안 하지?

그게
왜?

원래
그룹 내에선
항상 '서열'이란 게
있잖아.
네가 그렇게 숙이고
들어가면 서열 최하위로
내려가는 건 순식간이야.
서열?
그런 건 처음
들어봐…
메시지가
도착하였습니다.

유키짱 님의 말 :
나 내일 오라버니랑 헤어지러
가는데 같이 가주라 ㅇㅂㅇ!
지금 나는
서열 몇 위지?
하늘이가
하자는 대로 하면
서열 최하위가
확정되는 건가?

그렇다고
해도…
하늘이는 뭔가…
그냥 두면
무슨 일이 날 것 같아.

다크666 님의 말 :
알았어 내일 같이 가자.
야~
미래야!

어, 미안!
친구한테 메시지가 와서.
응, 별일 없어.
응, 다음에 봐.
내일 같이 가는 거, 현재희한테 말 안 한 게 잘한 거겠지?
이건 하늘이의 사적인 일도 얽혀 있으니까…
받은 메시지
보낸이: 하늘이
내일 이쁜 옷 챙겨 와!
ㅇㅂㅇ!
예쁜 옷?
우리 만화책 사러 갈 건데, 시간 있어?
저… 나 오늘은 하늘이랑 약속이 있어서…
그래?
너네 어디 가? 같이 가자!
?
그건 비밀이야.
아, 안녕.

어디서
만나는 거야?
홍대에서.
그 전에
지하철 화장실
들러야 돼.
최대한 괜찮은 옷으로
가져오긴 했는데…
하늘이가 보면
마음에 안 들어
하려나…
그런데
하늘이 아직
안 나왔나?
그게
갈아입은 거야?
두 둥
너는…
… 멋지네.
가발까지…
후훗
사실은 말야,
오빠랑 나랑 좀
비주얼 커플이랄까
그런 거라서~
항상 신경
써야 돼서
조금 피곤해~

그런데 꼭 만나서 헤어져야 될 필요가 있어?
아직 남은 촬영이 있거든.
촬영?

나는 모델이고 오빠는 사진사,
우린 프로니까 남은 비즈니스는 해야 한다는 거지~
무슨 말인지 모르겠다. 그냥 가만히 있어야지.

거의 다 와간다.
뭐, 현재희나 길마 오빠를 보면, 그렇게 이상한 사람은 아닐지도…
인터넷으로 만났다고 하더라도…

저기야.

오늘은 나
'하늘'이라고 부르면
안 돼!

'유키'라고
불러!

잠깐!
네가 그렇게
가면…!

오라버니!

여어-

…

아무 말이
없네.

내가
맘에 안 드나?
아니면…

길마 오빠
처럼 긴장해서
그런 건가?

아~!
사이트에서 글 봤어요,
「흑발 소녀 모에단」을
좋아하신다고요,
맞죠?
길마 오빠 때처럼
관심사로 말을 걸면
되겠지?

봤어?!
깜짝

그 애니 감독은
전작에서도…
그래서 그 세계관은…
한 격조 높였다고
볼 수 있고…
목소리
엄청 커…
그리고
왜 갑자기
반말하지?

여기야!
ㅇㅇ스튜디오

데이트
잘했어?
기가 다
빨린 것 같아.

빨리 끝났으면…
집에 가고 싶어.

미래야
이리 와봐!
크흠
크흠

너 옷이…
그거 가터…
아냐?
우리,
같이 촬영하지
않을래?!
오라버니가
옷도 준비해
왔대!

뭐?
아니아니아니아니
난…
너~
이거 진짜 퀄 좋은
옷이다?
그리고
우리 오라버니도
엄청 유명한
사진사라고!

난 됐어. 그리고
이건 민소매잖아.
나 제모도 안 했고…

여잔데 털이
난다고…?
아직
중학생인데…?
나지, 그럼
안 나나?

아, 아무튼…
간단한 동작만
하면 되니까…
그래!
이왕이면…
크흠

이렇게 둘이
가…슴을 맞댄 포즈로
찍으면 좋을 것
같은데.

????
?????
두근
가슴?
지금 가슴이라고
한 거지?

야… 너
괜찮겠어?
좀 이상해.
어휴~!
우리
오라버니한테
사진 찍히고 싶어 하는
애들이 얼마나
많은데!

자기가 좋다는데
내가 뭐라고 하기도
좀 그렇고…
이따 봐~
시간 얼마
없으니까
빨리 찍자구.
추가 비용
나가니까.

뭐 해,
미래쿤?
스윽
폰겜이나 하면서
있어야지.

여자가 이런
게임도 해?
대단한데?
깜짝이야!

그 부분 어렵지?
내가 깨줄게!
아, 됐…!

안 돼!
내 세이브가!
더럽혀지고
있어…

뭐 보냐구우~?
오싹

제발
날 가만히
놔둬!
응?

응. 치마 더
올려서.
가터벨트
더 잘 보이게.

뭐야? 이 안에서
무슨 일이 벌어지고
있는 거지?
ON
하늘이
위험한 거
아닌가?

들어가서 어떤지
봐야 되나?
아까
절대로 들어오지
말랬는데…
어쩌지,
어떻게 해야…
지이잉

뭐 해?
!

하아~…
왜 그래?
네 목소리 들으니까 뭔가 안심돼서.

우리 '남새통'에 만화책 사러 와서 지금 홍대인데,
아까 너랑 하늘이 본 것 같아서 전화해본 거야.

하늘이는 밝히기 싫어하는 것 같지만 지금 위험한 상태인 것 같으니까…
지금 무슨 촬영한다고 왔는데…
뭔가 이상해…

혹시 마르고 키 크고 뭐가 주렁주렁 달린 옷 입은 남자랑 같이 있어?
어?! 어떻게 알았어?
거기 꼼짝 말고 있어!

박하늘!!
박하늘,
너 아직도…!
꺄아악!
빨리
옷 안 갈아
입어?!
탈의실
만화책 뭐
샀어?
『베르세르크』
밖에선
박하늘이라고
부르지 말랬잖아!
그러니까…
하늘이가
그 사람이랑 만났다
헤어졌다 한 것도
여러 번이고…
그 아저씨는
사이트에서 유명한
변태 사진사라는
거지?
그 사람,
코스어들한테 엄청
찝쩍댄다니까!
나한테도
이상한 옷 보여주면서
촬영하자고
그러더라고…
가발도
못 쓰고
나왔어.

양선이도
코스프레해?
응, 자주 하지는
못하지만.
신기해…
보고 싶다!
너 이번에
서코 가? 그럼 우리
팀코(스프레)하자!
아, 그럼
'서코' 같이 가자!
보통 거기서
코스프레하거든.

그 사람이랑
계속 만날 거면
같이 안 해.
헤어질 거지?

응?
이번엔
진짜!
그래!
진짜!

아, 알았다구우…
휴우
야호!

하늘이는?
몰라, 무슨 정모 간다던데.
오기로 했잖아.

아~! 또 이상한 데 간 거 아냐?
지끈 지끈
저기 좀 들르자.
ㅁㅁ슈퍼

유진이, 오렌지 주스 먹고 싶었어?
갑자기 ㅋㅋ

아빠가 친구 집 갈 땐 이런 거 사가야 된대.

그렇구나… 그런 건 어디서도 배운 적이 없어.
나 혼자였으면 아주 큰 결례를 범할 뻔했어.

저, 이거…
어머~ 뭘 이런 걸 사왔어.
내 방은 이쪽이야.

야! 이양진
너 저리 안 가?!
언니는
누구야?
엄마!
양진이가 우리
방해해!
양진이
이리 오렴.
나두 언니들이랑
놀고 싶단 말야!
동생 귀여운데…
너무한 거 아니야?
귀여우면 네가
데리고 살아라…
다 가식이지
가식.
뭐 볼래?
재밌는 거.
나는 다 재밌지,
그런데 너는 그림
멋진 거 좋아하잖아.
미래는 무슨 만화
좋아해?
나는
잘 몰라…
추천해줘.
거의
순정 만화인데,
괜찮아?
별로 좋아하진
않지만…
양선이가 좋아하는
거니까 볼까.

어때? 재밌어?
어…
그렇긴 한데,
난 조금
자극적인 걸
좋아해서…

휴…
내가 미래를
새로운 길로
인도해줘야겠군.
달칵
문은 왜
잠그지?

너, 이거
아무한테나
보여주는 거
아니다?
?

자잔!
나…
남자끼리…?

그리고
이건…
여,
여자애들이…?!

남자끼리
키스만 했는데도
야망가보다 야해…
뭔가 엄청
이상야릇
하다!
여자끼리는
손만 잡았는데도
뭔가 부끄러워!
두근
두근
어디서 봐.
응? 뭐가?
야망가,
어디서 봐.

이쪽으로
들어가서…

아니,
이럴 때가 아니지.
메신저로
주소 보내줘.
알았어.

저기, 내가
인터넷에서 기출문제
뽑아 왔거든, 볼래?
국어 문제
뿐이지만…
오늘은
시험공부하려고 모인
거니까..

미래야, 지금 뭐 하는 거니…
그런 불경한 것은 당장 집어넣어.
오늘 우리는 그런 것을 하기 위해 모인 것이 아니야.
참고로, 난 가방도 안 가져왔다.
?
?
빵
이런 걸 하려고 모인 거라구.
갑자기 춤을…?
이건 '파라파라댄스' 라고 하는 거야.
서코에 가서 출 거래.
나도 배워야지.
신청곡 받아.
나, 나!

쿵짝쿵짝쿵짝쿵짝
요~ 쏘~
어!
이 노래는!
알아?
알지?!
달칵
달칵
양선이
나이트에
오신 것을
환영합니다.
요~ 쏘~
섹시~ 섹시~

엄마!
언니가 자기들끼리만
재밌게 놀아!
이리 와~

이 녀석…
예전부터 알고는
있었지만… 넌 정말
최고야!
도리
도리

어디서 잘래?
난 아무
데나.

무슨 옷
줄까?
전에 입었던
걸로.
잠옷 빌려
줄게.

미래는 이 옷?
으응.

응? 왜?
다른 옷으로
줄까?
아, 아니…
옷이 너무
깨끗해서.
옷에 비해서
내가 좀 더러운
것 같아서…

뭐야~
샤워하려면 해.
화장실 저기야.
고마워.
다음은 나.

문 틈새로
찌개 냄새가 흘러
들어왔다.
저녁 6시,
아파트
복도 밖에서
풍기던
하목의 냄새.

양선이는
나를 편견 없이 포용해준
아이였고
친구가 위험에 처할 때는
주저 없이 나서주었다.
이런 집에서 살면,
그렇게 될 수 있는 걸까?

망했다. 나 그거 시작했어.
완전 맛있었어~
집에 갈까…

왜? 많이 아파?
약 줄까?
아니, 잘 때 샐까봐.
아, 그거! 휴지를 돌돌 말아서 엉덩이 사이에 끼우면 안 샌대!
우리 엄마가 그랬어.
와!
응, 그거 아니면 짓무르고 생리통 더 심해지더라고.
너네 집은 '편한날' 쓰네, 우리집은 '그날그날' 쓰는데.
생리대 종류가 그렇게 많았구나.
나는 엄마가 사다 놓은 거 쓰는데…
나도야.
나도 엄마가 추천해준 거 쓰는 거야.

지금까지는 남자애들하고
더 말이 잘 통한다고 생각했는데…
그게
아니었어.

이런 얘기
하는 거 너무 좋다,
더 하자!

브래지어는
집에 있을 땐
안 하는 게 훨씬
편하대, 엄마가.
헐!
진짜 편해
~!

너도 이리 와,
머리 말리고
자야지.
바람처럼
불어 드는
행복 앞에서
나는 속수무책
이었다.
항상 철저하게
불행을 예견하던
습관조차 잊을
정도로.

부재중
전화 2

서코 가는 길

왠지
이 사람들을
따라가면 될 것
같다.
정말 도착했네.
듣던 대로
굼벵이처럼 생겼구나.
왔어?
잘 찾아왔네.
와~
여어-

오늘 꼭 안 봐도 된다고 했잖아.
너 피곤할 텐데…
응? 뭐가?
잘 놀다 왔구나?
어제 너한테 부재중 전화 온 거 보고 신경 쓰여서.
왠지 빨리 만나야겠다는 생각이 들더라고.
하하
어차피 넌 친구도 많고 나 말고 만날 사람도 많을 테지만…
미래는 착하구나.
속이 깊은 것 같아.
뭐? 아냐!
그런 말은 처음 듣는데…
아냐, 그래서 또 내가 예전에 반했었지.
응? 예전에? 언제 말이야?

안 알려줘.
뭔데~
알려줘!

어차피 넌 나랑
친구로 지내고
싶을 뿐이잖아?

그 이상이 되고 싶다면
말해주지.

몰라,
그런 거…
그렇겠지.

맛있는 걸 먹거나
좋은 일이 있을 때,
누군가한테
달려가서 말할 수
있는 거…

그거 진짜
좋은 거더라구…
그래서…
너한테
고맙다구…

내가 너한테
그렇게 소중한
존재가 된 거야?
기분 좋네~
이, 이런 게
문제라고!
넌 너무
능숙해!
자,
잘 가라!
자기도
만만치
않으면서.
아휴 참…
어떻게 그렇게
자연스러운지…
응?

어…

악!
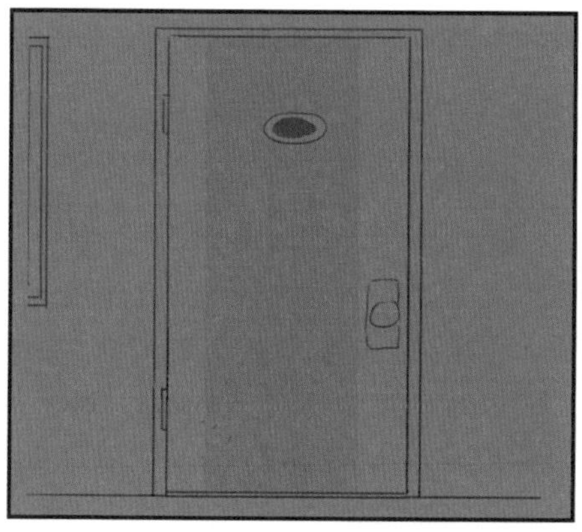

지 엄마 닮아서
벌써부터 나돌아
다닌다고?
그래서
교육을 시켜줘야 한다고?
어차피 눈에 띄면 때릴 거였으면서
왜 그런 이유를 붙이지?

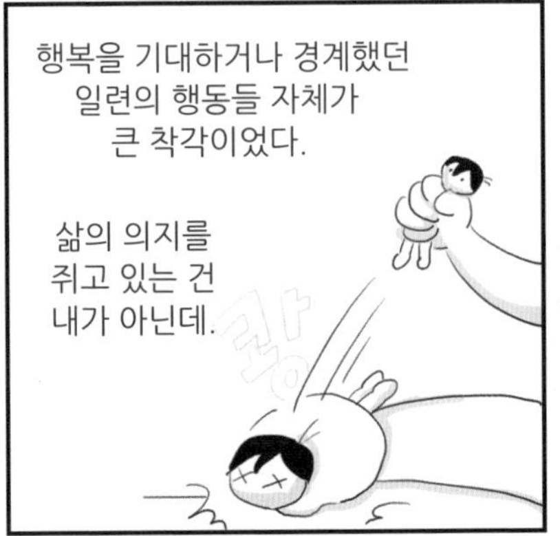
행복을 기대하거나 경계했던
일련의 행동들 자체가
큰 착각이었다.
삶의 의지를
쥐고 있는 건
내가 아닌데.
쾅

친구들을
만난 후로
한동안
들리지 않았던
환청이
자기 전
내내 아빠의
목소리로
들렸다.

그럼에도
불구하고,
나는
다음 날 일어나
학교 갈
준비를 했다.

애써 사귄 아이들에 섞여들려면
멀쩡한 척해야 한다.

나한테도 자상한 엄마와
배울 점이 있는 아빠가 있다는 듯이.

내가
자신들과 다르다는 걸
눈치챌수록
같이
가~
아이들은 나와
멀어지려 할 테니까.

다만, 오늘은 매일같이
맛있던 점심밥도 무슨 맛인지
느껴지지가 않았다.

그동안 묵혀둔 감정의 응어리들이
차고 넘쳐 뿜어내는 악취에
코가 마비되었을지도 모르지.

아빠는 나에게
"무슨 정신머리를 하고 다니는 거냐"
라고 했지만

나야말로 무슨 정신머리로
살아가야 하는 건지 도저히 갈피를
잡을 수가 없다.

그런 거
느낀 적 있어?

내가 한창 게임에 빠져
살았을 때 말야…

현실과 맞지 않게
붕 떠 있는 것 같다는
생각을 했었어.
게임 속에
살고 있다고
생각했으니까.

그러다 보니까, 외부의 충격에
몇 배로 타격을 받는 거야.
나는 게임 속 인물이라고
생각해서 방심하고 있다가,
어차피 내가
살고 있는 곳은
여기라는 충격과
더불어서.

이거
다른 사람한테
말해본 건
처음인데
입으로 말하니까
더 사이코 같네.
취소야, 취소.
… 무슨
일 있어?

무슨 일 있으면
얘기해봐, 도와줄게.
뭘 도와줄 수
있다는 거야…
내 인생
전부를?

나도 한때는 사람을
낙원으로 삼은 적이 있었다.
다시는 그런 짓 안 해.

도망친 곳에
낙원은 없다.

무슨 일이 있더라도
학교는 가야 해.
아무 일도
없었던
것처럼.
이거 완전
인기 짱이라구!
『내 남편은 17살
서열 1위 일진 짱』?
제목 완전 웃기다.
ㅋㅋ

이 책
진짜 웃겨!
뭐 재밌는 거
있어?
왔어?
안녕~

이것 봐…
양선이가 있으니까
이런 대화에도 낄 수가
있다구.

…!
뭐지? 이건 전에
봤던 인터넷 소설보다
더하잖아…?
문장부호는
제멋대로고 문단도
엉망진창이야!
표정 묘사는
다 이모티콘
으로…!?

뭐 보니?

뭐야, 이게?
이게…
소설이야?

이 사람,
인터넷에
글 올려서
이렇게 책이
된 거지?
이건 글이라고
볼 수도 없…
어, 응.
미래야,
너 설마…
이거라면…
저번 소설보다는
잘 쓸 수 있을 것
같아!

사람을 낙원으로 삼아선 안 돼.
사람은 움직이는 거니까.
나는
지속 가능한 낙원을
가꾸어야 한다.

… 분위기
왜 이래?
안녕.
아침에
남자애들
싸웠어.
왔어?
그래?
누가?
이태양이랑
송재민.
뭐?!
왜 싸웠대?
걔네 친하잖아.
나도 몰라.
그런데.
송재민이 먼저
이태양한테 와서
뭐라고 하니까,
갑자기
이태양이 주먹을
날리더라고.
물어볼까,
무슨 일인지…
저기,
안녕?
어,
안녕.

아침에…
무슨 일이야?
…
너네
친했잖아,
예전에는…

야!
이태양!
?

너, 너
이백합이랑…
움찔
이백합은
왜?

… 진도
어디까지 나갔냐?
뭐?!

너네 사귀는 것
같지도 않던데?
아니면 내가…
이 XX XX야,
다시 말해봐.

별일
없었어.

… 그래. 아무튼
다시 화해하고
친구로 지내는 게…
그런
또라이 XX랑
친구 안 해.
하긴,
나한테 자세하게
말해줄 리가 없지.
친구도
아닌데…

그러고 보면
송재민도 분위기가
엄청 바뀌었어.
왠지 말 걸기에도
낯선 느낌…

야, 장미래!
이동수업이래.

뭐야~
밤새 게임했어?
아니…
인터넷 소설
보느라고…

저, 아침에 말야.
무슨 일이야?
먼저 말 걸어줬으니까 물어볼까.
야, 너 요즘 서열 정하는 중인 거 알지?
으응.
너 언제까지 피하기만 할 거냐?
1, 2학년들까지 너 우습게 보면 계속 데리고 다니기 힘든 거 알지?
누구랑 싸워야 될지 모르겠어.
내가 예전에 말했던 그 건방진 XX 있잖아.
너 우리 수련회 가서 다쳤을 때,
그 XX가 너한테 어떻게 했어?

너 병문안 한 번
온 적 있었냐?
다친 줄도
모를걸?

그냥.
어쩌다 보니
그렇게 됐어.

옆반에,
또 싸웠대!
요즘 일진 애들
맨날 싸우네.

여자애들인데도
진짜 살벌하게
싸우더라.
날라차기
하는 거
봤어?

아…
다른 반이니까 김유리
얘기는 아니겠군.
어?

저기,
김유리 옆에
항상 있던 애 있잖아,
덩치 큰 애.
어디로 갔지?
안 보여.
뭐…?

박현진
말하는 거야?
저기 있잖아.

방학 때 빡세게
살 뺐다던데,
그래서 못 알아
보는 거야?

너도 참
다른 애들한테
관심 없나 보다.

너, 우리 반
애들 이름은
전부 다 알아?

!

맞아…

그러고 보니까
나, 다른 애들한테
완전 무관심
하잖아?!

다들 열심히 해서
더 정이 갔었는데…
나 힘들 때마다
무대 보면서
응원받는 기분
이었거든…
양선이에겐
그 그룹이 안식처
였구나…

어제 「음악잔치」
투표 결과 봤어?
당근 봤지!

오빠들 1등한 거
우리 덕분이라고
한 거 들었지?
진짜 이 맛에
내가 산다!
…!

나만 낙원을 찾아 헤맨 게 아니야.
아이들은 이미 저마다의
낙원을 가지고 있었다.
그런데 거기에 대고,
난 그런 거
안 들어.
라고 했으니…
애들이
날 어떻게
생각했겠어.

역시 좋은
친구가 있으니까
배울 점이 많아.
몰랐던 것들도
다시 깨닫게
되고…

내가 양선이나 유진이한테
했던 것처럼, 학기 초에도
반 애들한테 관심을 보였다면…
힘내.
외로운 시간을
겪지 않을 수
있었을까?
응…

얘네 왜
손 잡고 있어?
이상해~~!
음…
역시 그건 좀
힘들었겠지.

저기, 이거!
나 글 썼거든.
아직
올리기 전인데,
너한테 보여주고
싶어서!

나한테 제일 먼저
보여주는 거야?
기쁘다~
두근
두근

!
어때?
뭐야, 이게…
미래가 쓴 거
맞아?

제목	글쓴이
싸가지-_-^ 왕자 은휘린 2편 (11)	loveo_o
그놈과 계약커플 1일째 (12)	다크666
아름다운 첫사랑... 3편 (0)	바다사랑
자고 일어나니 일진 뵌?! 4 (3)	aksldkfj
학원에서 만난 늑대 12 (23)	-_-_-_-

맘에 안 들어.
응?

넌 지금 자유롭게 글을 쓸 수 있는데도,
그런 이상한 글만 쓰잖아.
글은 언제든지 쓸 수 있어, 나중에라도.
난 지금 목표랑 꿈이 있으니까.
너도 쓰면 되잖아.

그래~ 난 어차피 꿈도 희망도 없지롱~
그리고 이런 이상한 글 써서 인기 많지롱~
미… 미래야?

그런 말을 해서…
벌 받는 건가…?!
내 글 보기
그놈과 계약커플 12일째(4)
그놈과 계약커플 11일째(5
그놈과 계약커플 10일째(
그놈과 계약커플 9일째(11)
그놈과 계약커플 8일째(25)
그놈과 계약커플 7일째(14)
그놈과 계약커플 6일째(
리플 수가 점점 줄고 있어…
조회 수는 벌써 반토막 나버렸고!
미래야, 왜 그래? 무슨 일 있어?
뭐가 문제지…
뭐가 문제야…
양선이는 이런 소설은 잘 모를 텐데… 그래도 한번 보여줘야 할까?
요즘 쓰고 있는 소설인데… 반응이 점점 줄더라고.
왜 그런지 모르겠어.

그동안 이만큼이나
썼단 말야?
리플 받으니까
재밌어서…
주말 껴서 몇 시간에
한 편씩 올리고
그랬거든.

팬픽도 자주 올리면
그만큼 반응이
좋은 것 같더라고.
그게 인기가
많았던 원인
아닐까?
그래?!
그럼 다시 자주
올려야 하나…
학교는 어쩌지…

그러고 보니
8편 이후부터 리플이
뚝 떨어진 것 같아.
그건 왜 그런 거지?
난 알겠던데.

여기 봐,
8편에는
그게 있지.

얘네의
뽀뽀 장면.
아앗…
납득.

글을 썼다고?
줘봐!
이런 건 또
내가 전문이지!

야, 너 큰일 났다…
아주 중대한 문제가
있어.
뭐?
뭐, 뭔데…?

이거 ○○○라는
만화책에 나오는
○○○랑
똑같아.
뭐!?
나도 모르는 새
표절을…?!

나도
그 만화 봤는데,
전혀 아닌데?
아니거든?!
완전 똑같아.
???

흠… 그런데
솔직히 8화 전부터
약간 늘어지는
느낌은 있어.
왜 그런진
모르겠지만.
그래도 뭔가
대단하다… 오히려
일반적인 감상이라
예리한 것 같아.
물어보길
잘했어.

만화책도 봐?
소설만 보는 줄
알았더니.

뭐야…
탁

이 만화책이랑 내 소설이랑
닮은 거라곤 여주인공이 안경 꼈고
남주인공이 금발이라는 것뿐이잖아.

저기…
내가 쓴 소설
읽어줄래?
그러지
뭐.
대중적인
감상은 중요한
거니까.

팍팍 말해도
괜찮아! 감상이
중요한 거니까!
음… 근데
여기 나오는
남자애.

이거 완전
난데?
깜짝
금발이랑
여자 친구
많은 거랑
잘생긴 거…

어, 어차피
이거 그만 쓰려고
했어!
이거 말고
다른 걸로 쓸
거야…!

기분 나빴다면
미안해…
내 주위에
멋있는 남자는
너밖에 없으니까…
나도 모르게…

뭐, 그건
상관없지만,
요즘
글 쓰느라
바빴구나?
응!

글은 또 영화나
책을 보는 거랑
다르달까…
글은 내 속에서 나오는
거니까 하루 종일 글에
대해 생각해야 하고…
그렇게 영원히
빠져들 수 있다는 게
정말…

자기 전에 이런저런 생각
계속 하다 보면 결국엔
나쁜 생각만 떠오르잖아.
이젠 그 생각 대신
글 쓸 생각
하면 되니까
정말 좋아.

자꾸 안 좋은
생각만 들어서
힘들 때는…

"내 생각 하면
되잖아~" 이러려구
그러지?!
아니,
불 켜고 자라는
말이었는데.
미래쨩~
개그 실력이
점점 늘어,
그치~?
@($@
*#!!

지금 쓴 건
버릴 거지만,
그래도
뭐가 문제인지는
알아야 해.

역시 이런 걸
잘 아는 사람은
그분이겠지?
전에도
내 소설을
봐주었던
사람!
pizza3

RE: 괜찮으시면 제 소설 좀…

보낸사람: pizza3
받는사람: 다크666

저는 장르 가리지 않고 인터넷 소설은 모두 보니까 괜찮아요! 아무래도 후반부로 갈수록 문장은 유려하지만 심리 묘사가 많아서 조금 지루한 걸지도…? 좀 더 사건으로 이야기가 진행되는 게 좋지 않을까요?

'사건'으로
이야기가 진행되어야
한다고?
어떻게 사건으로
이야기를 진행시킬 수
있다는 걸까?
사건이란
뭘까…

인터넷으로 사건의 뜻을 찾아봤지만
딱히 와닿는 답이 나오지 않았다.
소설에서 쓰는
사건이랑은 뭔가
다른 것 같아.

와~ 와 와~

김유리 사랑해

저렇게 공개적으로 고백하는 거 진짜 별로지 않아?

쪽팔려서 어떡해, 유리야~

안 쪽팔린데?

걘 잘생겨서 괜찮아.

너 웃긴다~
부러우면 그냥 부럽다고 말해~
너 전에 저 오빠 잘생겼다고 그랬잖아, 나한테~
그래, 그랬었지.
그걸 알면서 넌 아무렇지도 않게 고백을 받으러 가는 거야?
꽈악

…
짜증 나…

하나의 사건에 사람들의 반응은 모두 다르고
무슨 일 있었어?
별일 아니었어.
어떤 인물들 간에는 갈등이 빚어진다.

그 자리에 있던 모든 사람들에게 크든 작든 변화가 일어났어.
이제 사건에 대해서 조금 알 것 같아.
감사합니다 pizza3 님 오늘 학교에서…

응!
확실히 전보다 재밌어졌어!
헤헤…
어떻게 한 거야?
그 사건 어쩌구 그것대로 고친 거야?
응, 그것도 있고.
다른 인터넷 소설을 계속 보다 보니까, 어떤 패턴이 있더라구. 그걸 좀 참고 했어.
그런데 넌 이모티콘 같은 거 안 쓰네?
그건 나한텐 너무 고급 기술 이라서…
그래도 돼?
이모티콘이 없다고 좋아해 주시는 분들도 좀 있더라.
나는 글을 쓰게 되면서, 교실 창밖보다 교실 안의 아이들을 바라보게 되었다.
패턴은 정해져 있다고 해도,
등장인물과 사건을 풀어가는 건 결국 내가 해야 할 일이야.
나에겐 좀 더 많은 사람과, 사건이 필요해.
아직도 안 나왔어?!
도대체 빵을 몇 개를 먹어야 되는 거야~!
저 애들은 민영이랑 수정이. 빵에서 나온 스티커를 모으는 것 같던데…
내가 갑자기 말을 걸면… 기분 나빠하지 않을까?
아직 양선이네 애들이 아니면 다가가기가 어려워…
그래도… 이게 필요할 것 같은데…

저기, 혹시
이 스티커…
필요하면 줄까?
어! ㅇㅇ오빠다!
와~!
진짜 진짜
고마워!
보답으로
이거 줄게!
자,
마잉!쮸!
성공…?

…

나 지금 엄청
어려운 스테이지를
깨고 온 기분이야…

현재희한테
실컷 자랑하고
나서
같이
나눠 먹어
야지…

어,
왔어?
야, 너 이제
가라.
어…
뭐야~!
너무해!
아! 그래,
셋이서 놀면 되겠다!
괜찮지?
어…
괜찮아,
미래야?
새로운 캐릭터 출현!!
어,
양선이네
으응!
다음은 반 아이들,
그다음은 처음 보는
아이인가!
도전해
보는 거야!
다음은
노래방이다~!
노래방
좋지?
응.
편하게 있어도
돼. 쟤도 너랑
나이 같아.
야, 빨리빨리
빨리 골라~!
시간 간다,
시간 가~!
…
너~ 허없는 지히금도~
눈부쉬힌 하느흘과~~
표정 봐,
진짜 웃겨!

미래도
불러.
나는
낭만 고양이~
아, 아냐.
난 이따가…

지금 현재희는
내가 처음 만났을 때의
활기차던 현재희
같다.
나랑 노는 거,
사실은 재미없는
거 아닐까…

말 달리자~
말 달리자~
잠깐!
그 노래는…!

크라X넛의
모든 노래가 우리들의
지정 노래였는데…
아니,
「말 달리자」는
유명한 노래
니까…
그래도…

?
저 애랑
현재희는 무슨
사이지?
염색도 한 것 같고,
가방도 없어. 혹시
날라리 아냐?

아니, 새로운
사람을 사귀어
보려고 따라온
거잖아…
나는 도대체
뭘 하고 있는
거야…
끼어 놀기는
커녕…

휴…

들어가기
싫다…
저기, 나
가볼게.
응? 왜?!
출국 준비
해야 돼서…
출국?

나 내일
한국 떠나거든.
아…
그래서
마지막으로
재희 본 거야.

나, 사실
친구가 재희밖에
없거든…
뭐?
아니, 그러면
오늘은 현재희랑
둘이 놀아야지!

아…
그전까지 놀고 있었는데 내가 중간에 낀 거구나…
내가 현재희한테 갑자기 만나자고 했으니까…
미안해, 나 때문에 제대로 놀지도 못하고…
아냐, 새로운 친구를 알게 돼서 좋았어.
친구… 친구라고 해주는 구나.
그럼… 언제 다시 와?
아마도, 다시 안 올 거야.
한국에선 좋은 기억이 별로 없거든.
으으~!
왜 그래?
내가 그 안 좋은 기억에 한몫한 것 같아서…
괜찮다니까 그러네~
내가 괜히 꽁하게 있던 그 시간 동안…
우린 친해질 수도 있었을 텐데… 그 기회를 날려버린 거야.
너무 한심해.

그럼 우리,
펜팔 할까?

정말?
그래도 돼?

받았다,

메일 주소…

xxx@xxx.xxx
즐거웠어^^

갔어?
수연이…

응…

힐끔

저기…
나랑 노는 거 혹시
재미없어?
수연이랑 놀 때엔
정말 신나게 노는 것
같아서…
그렇다면 내가
좀 더 노력할게.
그래야 애들이
날 좋아해줄
테니까.
그렇게 하루 종일
재롱떨고 집에 가면
얼마나 피곤한지~
온몸이 다
뻣뻣해져
있다니까.
헉! 나도
그런데!
그런데 너랑
있으면 몸이 풀리는
느낌이야.
요롷게~
뭐야 그게,
바보 같아
ㅋㅋ
노곤
노고온~
그리고
우린 대화도
잘 통하잖아.
영화나
음악이나…
어, 길마
오빠다!
○○중학교
3학년 1반 김유리,
이거 너네 학교 애
아니야?
네,
맞는데요.
걔 인터넷에서
완전 난리 났어!

무슨 일이야,
이게…
야!
3시 방향!

얼짱 도전합니다~!
못생겼지만 예쁘게 봐주세욥 >.< 111.11.11.111
김유리 완전 예쁜데욥?! 얼짱 중에 최고! 111.11.1
김유리 와 이 사람 진짜 이쁘다 111.11.11.111
ㅋㅋㅋ 미친X ㅋㅋㅋ 지 혼자 뭐 하냐 ㅋㅋㅋ 222.2

이게 왜?
얼짱 도전해서?
아니,
아이피 봐봐.
글쓴 애랑
칭찬 리플 단 애랑
똑같잖아.
북 치고 장구
치다 들킨 거지.

뭐 하러
그런데?
그냥
'나 뽑아달라'고
하면 되지.
...

나도
그게 이상하다는
거야.
이런 건
김유리답지
않다고…
뭐
어쩌라고~

야,
김유리!

지수야,
왔어?

김유리
어딨어?

얘는 전화도 안 받고,
사이월드에는
이상한 글만
잔뜩 있고…

너 그 일
몰라…?

뭐가?

유리
인터넷에서
완전 난리
났잖아.

나 컴 안 해서
잘 몰라,
그런 거.

여기 이
아이피란 게…

같은 사람이
썼다는 거거든…

뭐? 그럼
김유리가…

지가 자기 사진
올리면서 자기 이쁘다는
댓글도 달았다고?
그러게
말이야~
왜 그런 쪽팔린
짓을 했대?
나까지 쪽팔리려고
하네…

태현 오빠도
사이월드 테러
당했잖아, 유리
때문에.
태현 오빠가?
왜?
유리 사이월드에
태현 오빠가
고백한 영상
있었거든.
유리 사이월드에서
친구맺기 하거나 방명록
남긴 애들 중에 테러
당한 애들 많아.
…
그냥 친구니까
무조건 가서
그러는 거지.

유리 오면
너한테 가라고
전할까?

아, 아니…
내가 나중에
올게.

야, 너
'아이피녀' 사건
봤어?
아, 응…
너도 봤구나.
코스프레
사이트랑
카페에서.
난리 났더라.
넌 어디서
봤어?
하긴, 나도
길마 오빠 때문에
알게 되었으니까.
그런데 이게
그렇게 퍼져나갈
만큼의 일인가?

저기, 그런데
뭔가 이상하지
않아?
김유리 성격
이라면 차라리 대놓고
얼짱 뽑아달라고
했을 것 같은데…
흠…
그게 무슨
상관이야.

일단
재밌잖아?

…
…

뭘 봐
XX!
구경
났어?!
유리야…
왔어?
넌 뭘 쪼개고
있어?
쟤는 지가
잘못해놓고 왜
괜히 승질이야?
쪽팔려서
그런가보지.
야, 너네
'아이피녀
패러디' 짤 봤어?
그거 내가
만든 거다?
멋있는
xx.
그거
베스트에 간
그거 말하는
거지?
…
지이잉
지이잉
지이잉
미친년 ㅋ
못생긴 건 잘 아네ㅋㅋ
죽어라~~
아이피녀 폰 맞음?
너 신상 다 털림ㅋㅋ
미친
XX들!!
계속
문자가 와서 폰을
쓸 수가 없잖아,
쓸 수가!

저 누나,
그 누나 맞지?
'아이피녀'.

××!

인터넷에서
신상 다 털렸더라.
가족사진도
돌아다니던데?

야, 이거
너 할래?

갖고 싶어
했잖아.

…!

아니야~
됐어, 유리야.

내가 미쳤어?
너로 오해받게?
너도 사람들이 알아보니까
머리 푼 거잖아.

아이피녀다!

간도 크다.
나 같으면 학교
못 나올 텐데.

안 그래도
조퇴하는 것
같던데?

야! 어제 올라온
「**학생회장을 유혹하는 방법**」 봤어?
다음 편
올라왔어?

그 소설 내용이, 내기를
해서 범생이 학생회장을
유혹하기로 했잖아?
근데 어제
나왔던 반전은!
그 범생이 학생회장도
사실은…
일진이었대!
진짜?
꺄~~

그런데 그 작가님
이번 소설에선
꼭 야시시한 장면
넣어줘서 좋더라.
마자마자~
첫날부터
키스했는데 뭐~!
꺄~~!

앞으로
더 센 거
나오겠지?
꺄~~!

인터넷 세계
무서워…
너무 무섭고…
너 아까 티
너무 나더라.
ㅋㅋ

그래도 저렇게
말 나올 정도면
네 소설 꽤
유명한가봐!
그냥 뭐…
연재하는 카페가
워낙 큰 카페기도
하고…
스킨십 장면은
한 화마다 꼭
넣거든.

어디 봐!
좀 늘었어?
언니가 좀
봐주지!

에효…

너 어쩌려고
이래…
이거
○○○에 나오는
○○○랑 똑같아…
또
시작…

더 열 받는 건,
항상 당하는
데도 무시할 수가
없다는 거다.
나 없었으면
어쩔 뻔
했니~
도서신청서

하늘이 말 너무
신경 쓰지 않는 게
좋을 것 같은데…
그래도…
어떻게 보면
독자의 의견
이잖아.
어, 뭐야?
우리 반 앞에
왜 저렇게…

설마…
또?

김유리라는 애
없어?
조퇴했는데?
징하다
진짜…
이게 이렇게
동네방네 커질
일이야?
전화
왔다.
무슨 동물원
구경 오듯이…

다크야!
김유리라는 애,
지금 어때?
네?
조퇴했는데요.
아, 진짜?
아쉽다…

김유리 상태가
지금 어떤지,
왜 궁금한 건데요?

내가 '아이피녀'랑
같은 반에 있는 애를
안다고 블로그에
올렸거든.
그랬더니 이웃들이
다 그 소식을 궁금해
해서 말야.
네가 준 정보로
블로그 글을 올리면
방문자 수가 많이
늘 것 같은데?

이제 알겠어!
왜 이렇게
많은 사람들이
이 일에 매달리는지.

야! 옆반에
누구랑 누구
싸운대!
무슨 일이 나면
꼭 이렇게
중계하러 오는
애가 있잖아.
얘는
이 말을 하러
달려오면서
얼마나
설레었겠어.

자기 말 한마디에
이렇게 많은 아이들이
따라와 주는데.
내가 제일
먼저 알아냈
다구!

걔가 어떤
애냐면여~
자세히 좀
말해봐.
지금
이 사람들에게는
이 상황이
게임인 거야.
우리 학교
사람
아니지?
진짜 할 일도
없나봐.
그 정보가 무엇이든지,
한 글자라도 더 말해서
주의를 끌면 이기는,
'게임'.

잠깐만!
아얏!
미, 미안…
많이 아팠어?
아냐,
괜찮아.
어제
아빠한테 맞은 데,
멍들었구나.
여기, 이거.
손수건 위에
앉으라구.
… 너는
어쩔 건데?
…
난 됐어,
이런 건 너가 해라.
이것도 하는
사람이나 하는
거지.
으응,
미안.
…
…

후우우
그러니까 보기 싫음 보지 말랬잖아!
네 글인데 어떻게 안 봐…
저기… 소설에서 나오는 스킨십은… 어떻게 쓰는 거야?
그냥… 상상해서 쓰는 거지, 뭐.
아니면 다른 데시 주워듣거나…
네 소설들의 여자 주인공들은 성격이 다 비슷한 것 같은데…
이런 걸 좋아하는 거니?
덜렁대고 평범한?
…
내가 좋아하고 말고가 무슨 상관이야.
난 사람들이 좋아할 만한 걸 쓸 뿐이야.
그게 문제라는 거야!

난 네 예전 글에서 네 영혼을 봤어. 네가 아니면 쓰지 못할 것 같은 느낌을 가졌다구.
그런데 이 소설들은 뭐야,
이건 네가 아니라 누구라도 쓸 수 있는 글 아니니?
작가의 영혼이 느껴지지 않는 이런 양산형 소설에…
도대체 무슨 가치가 있느냔 말이야…
난… 요즘 내가 살아가야 하는 이유를 몰라서 혼란스러운 상태야.
그런데 사람들은… 내 글이 좋대. 매일 내가 오기를 기다린댔어.
그건 나보고 살아남아 계속 글을 쓰라는 말이야.
이래도 내 소설이 가치가 없어?
이렇게 연명하는 게 의미가 없다고 한다면, 그땐 정말로 가치 없는 글이 되는 거지만…
미래야, 너 지금 무슨 말을 하는 거야?
어?
살아가야 하는 이유를 모르겠다니.
너 혹시… 무슨 이상한 생각 하고 있는 건 아니지?

아니,
그냥 해본 말이지,
별 뜻 없었어.
정말이지?
놀랐잖니.
모두가 당연히 살아 나가는 오늘에서,
가치 없는 삶에 대해 이야기하는 것이
얼마나 이단적으로 보이는가.
혹시나 해서
무뎌져 있던 감각이
학급 또래 아이의
당혹스러운 눈빛으로
되살아났다.

저기, 그런데…
한 번도 그런 생각
해본 적 없어?
뭐,
'죽고 싶다'
이런 거…
다들 말로는
쉽게 하잖아.

그건,
그만큼 힘들다는
표현이지,
정말로 죽고
싶다는 말이
아니잖니.
누가 정말로
죽고 싶어서
'죽고 싶다'고
하겠어…

'죽고 싶다'는 단순한 말에
그런 속뜻이 있었다니…
나야말로 충격적이다.

나처럼
퓨즈 끊어지듯이 마감함으로써
모든 것에서 탈피하고 싶다는 뜻이
아니었구나…

힘든 일 있으면
나한테 말해,
알았지?
뭐든 도와줄
테니까…

알았어.

난 사람들이 하도
'죽고 싶다'는 말을
쉽게 하길래,
은근히 동질감
느꼈었는데…
제대로 말했으면
큰일 날 뻔했다.

그런데
요즘엔 교실이
조용하네.
이제 구경꾼들도
흥미가 없어졌나.

야! 윤지수
너 왜 전화도
안 받고…
박현진!
남자애들이 불러.
빨리 오래.

이따
태현 오빠
온대?
응.

사람들의 관심은 사라졌지만
남은 아이들에게는 변화가 생겼다.
'사건'이었으니까.
…
…

어?

길마 님!
'아이피녀' 해명 글
올라온 거 봤어요?
사진 도용당한
거였다는 글이요.
그거 길마 님
블로그에 올리면
좋을 것
같은데요?
아, 그거?
이제 슬슬 지겹잖아.
사람들도 뒷북이라고
할걸? 하하.

다음 날
오늘 메뉴 뭐 나온대?
김유리 자리…

아무리 찾아도
김유리가 급식실에서
보이지 않았다.

나는 도서실에라도 갔었지만…
김유리는 어디서 버티고 있을지…
이따다끼 마스!

나는 김유리가
내가 이미 지나온 어두운 길목으로
이제야 들어서는 것 같아 자꾸 불안해졌다.

나도 참…
다른 사람 걱정을
하고 있다니, 발전했다고
해야 할지…

피구 시작한다.
벤치에 있는 애들
다 집합!
교복 입었다고
예외 없다!

앗!
얘! 그 공
나 줘.

아이코!

김유리!
어디 가?
땅볼 맞으면
탈락 아니잖아~

얍
ㅋㅋㅋ
꺄~

대부분의 아이들은
이 상황이
불편했을 것이다.
야~ 그건 좀
심했다.
미안!
그런데 머리
맞으면 탈락
아닌 거 알지?
높게 들리는
웃음소리는 모두
박현진 친구들의
것이었으니까.

그러나 아무도
나서지 않았다.
왜냐하면 아무도
나서지 않았으니까.
나부터도.

이번 주말에는
학교에서 야영하는 것,
다들 알고 있지?

그럼 조 짜서
각자 역할 분담해라.
나는 이제 더 이상
조별 과제가 두렵지 않다.

그런데…
…
그럼
부루스타는~
…
나는~

사람이 무너지기 전
지탱해줄 수 있는 사람의 수는
딱 한 명이면 충분하다.
그때의 나처럼…
그러니까,

저기, 우리 조
들어올래?

여기, 이거.
아, 가져왔어?
김유리! 애들이 불러.
…
어… 갔다 와.
송재민 어딨어?
김유리, 준비물 다 챙겨 왔구나.
꼭 내가 칭찬받은 것처럼 기분이 좋냐.
햄, 고기… 다 챙겨 왔네?
의외로 성실하다.
까먹을 줄 알았는데.
나 옷 갈아입으러 가는데, 시킬 거 있어?
이거, 냄비 좀 씻어줘.

여기서 뭐 해?
애들이 너 찾던데.
나 그럼 간다,
월요일에 보자.
네, 형!
뭐 해?
안 들어가고.
아니,
저쪽에서
말야.
무슨 소리
안 들려?
그치?
#$#*
#^@#
건물 뒤쪽에서.
여자애들
모여서 노는 거야.
김유리도?
그래~
그러니까 이만
들어가자?
에휴~
이 오빠가
걱정돼서
하는 말인데,
넌 김유리 일에
안 나서는 게
도와주는 거야.

김유리는 너네랑
사는 세계가 다르다고.
언더스탠?
뭣?!
냄새나.
내 소설에선
이거 멋있다고
묘사했는데…
수정해야
되나?
니가 아직
뭘 몰라!
가정실
아냐,
어차피 소설에서
나오는 남자들은 다
잘생겼고 멋진걸.
분명
담배를 피워도
치약 냄새밖에
안 날 거야.

왜 이렇게
늦게 와?
무슨 일
있었어?
미안, 빨리
온다는 게…

김유리와 내가
사는 세계가 다르다니…
하긴, 김유리는 나 같은 애랑
노는 건 재미없겠지.
그럼 이제 예전
친구들하고 화해한 건가?

달 좀 봐!
어쨌든
잘 풀렸으면
좋겠다.

응?
있잖아,
이것 좀
봐봐.
싫어,
그거 재미
없어.

네 소설에서는
주인공 여자애랑 친구
빼고는 다 일진들이잖아.
이런 게
잘나가는 거야?
어, 뭐…
그렇지…

그러고 보니 송재민이 했던 말처럼,
내가 일진을 다른 세계에 사는 애들처럼 그리고 있네.
다들 자리에 있지? 소등한다.
선생님! 김유리가 없어요!
여기 박현진도요!
그래, 선생님이 찾아볼 테니 잘 자거라.
안경 벗고 자.
나 쓰고 있어?!
너도.
어디 있는 거지, 밖은 추울 텐데…
그래도 친구들과 함께 있다면…
다음 날
잠은 잤는데 너무 피곤해.
집에 가서 푹 쉬어.
차 왔다, 나 먼저 갈게.
월요일에 봐!
안녕~
잘 가!
으아~ 하루 걸렀더니 그새 순위가 엄청 떨어졌어.
주말 동안 보충해야겠다.
'아니, 저 학생회장님이 언제 저렇게 춤을 배운 거야?'
클럽에서 마주친 휘민, 모든 여자들의 시선을 즐긴다.
질 수 없다는 듯이 스테이지로 올라가는 윤성.
'몰랐어? 한윤성 예전에 의.리.파 일짱이었잖아!'

밖에 나와 있는 애들 뭐야?
걔네 벌 받는 거잖아.
웬 벌? 무슨 체험학습 온 것마냥 분위기 좋던데…

우리 야영한 날 김유리, 일진들이 데려가서 다구리 때렸대!

왜 얘기 안 했어?!
모가~

그날… 왜 거짓말했어? 그냥 여자애들이 놀고 있는 거라며.

에휴.

그래도 멈출 수는 있었겠지! 선생님을 불러온다거나…
내가 제대로 말했으면 네가 어쨌을 건데?
너 왔다 간 거 내 친구들이 다 봤어. 그럼 네가 일러바친 거 다 알았겠지.
다구리당한 애가 김유리가 아니라 네가 될 수도 있었다고.
그, 그건…
이래도 그때 내가 사실대로 말하는 게 더 좋았을 것 같아?
내가 그랬지, 김유리나 나는 너랑 사는 세계가 다르다고.
너랑 박현진은 김유리랑 친했었잖아.
그런데 박현진은 그 현장에 있었고, 너는 망을 봤어.
그런 게 네가 말하는 다른 세계라면 가까이 가고 싶지도 않아.

이번이 처음
아니래.
김유리
맞은 거?
아니~
원래 그렇게
일진들 돌아가면서
다구리 까고
다시 잘 지내고
그런대!
그러고 어떻게
다시 노냐?
신기하다.
그래도 우리 학교
일진들은 착해~
자기들끼리만
그러잖아.
착한
일진이라니…
정의로운 조폭만큼
이상한 말이다.

내 소설 속 일진들은 여전히
무슨 일이 있어도 의리를 지키고
모든 아이들의 부러움을 샀다.
그 내용들이
내 소설인데도
왠지 너무나
낯설게 느껴졌다.

쟤 거 써.
만만해
보인다
ㅋㅋ
그럴까?
에휴.
심란하다
심란해.

얘~
응?
누구?

여자애야~
뭐?!

나 문자메시지 몇 번만 쓸게, 폰 좀 빌려줄래?
나, 나 배터리가 없어서, 미안…

세상에… '여자애'라니.
잘 거절했어. 나도 빌려줬다가 남은 문자량 다 쓰고 주더라고.
아니, 그럼 내가 '남자애'인가…
차라리 그냥 바로 말하지…

나는 송재민이 말하는 일진들의 '다른 세계'가 무엇인지 조금은 알 것 같았다.
그들에게 다른 아이들은 이름을 기억할 필요도 없고, 언제든지 핸드폰을 빌려 쓸 수 있는 대상이었다.

그리고 나는 그런 애들을 미화하는 데 일조하고 있었다.
이번 주 휘민 오빠도 넘 멋졌어요 >0<! 저도 고등학교에 가면 꼭 일진 그룹에…

김유리는 더 이상
거울을 보지 않는다.

거울 대신
고개를 숙여
책상을 바라본다.

다른 반 일진 애들은 이제 김유리
대신 박현진에게 먼저 말을 걸었다.

'아이피녀' 사건 이후 김유리가 누리던
모든 것들이 박현진에게
양도된 것 같아 보였다.

태현 오빠도 참~
학교까진 오지
말랬는데~
김유리도
보니깐~

…
…
어, 나한테
고백하러 온
거야.

아, 맞다.
이거, 네가
가져왔던 반찬통.
야영할 때
가져왔던 거,
씻어놨어.
그리고,
저기…

'몸은 좀
괜찮아?'는 좀
상처를 건드리는 말
같고…
'힘든 거 있으면
말해'도 너무
주제넘은 것
같고…

나, 나는
믿어…
네가 올렸던
해명 글 말야.

어차피 얼마
안 남았어.
응?
3개월 정도만
버티면 돼. 그러면
이 학교도
끝이니까.
그땐
저 X신 같은
애들을 안 봐도
된다고.
그럴 것
같았지만…
김유리, 생각보다
더 의연하구나.
그래도 말이
3개월이지…
난 친구들 만나기
전으로 돌아가라고
하면,
한 시간도
견디기 힘들 것
같아.
더 이상
쓰기 싫었던
「학생회장을
유혹하는 방법」은
서둘러 완결을
내버렸다.
남자 주인공은
일진회를 완전히 탈퇴했고,
라이벌은 오토바이를 타다
사고를 당해 혼수상태가 된 걸로…
음… 역시
혼수상태는 좀
심했나.
나름 리얼한
설정인데…
전 휘민 오빠가
더 멋있었는데요!
작가님 휘민이
싫어하죠…?
솔직히 학생회장
별로 매력 없어요…

에휴, 모르겠다.
일단 오늘은 완결한 날이니까 쉬는 거야.
바로 다음 소설을 구상하려고도 했지만, 심란하기도 하고.
그럼 역시…
헉… 리플 완전 심한데? 너 괜찮아?
이 정도야 뭐…
신기하다, 넌 의외의 부분에서 강하더라?
뭐, 내가 칭찬을 받는 게 더 이상하지 않겠어?
솔직히 저런 리플보다는
나한테 칭찬을 해주시는 분들의 리플이 더욱… 이상한 기분이 들게 한달까.
진심으로 하는 말인지도 잘 모르겠고, 잘 와닿지가 않아…
무리해서 칭찬해주는 건 아닐까? 싶기도 하고…
요즘 사람들이 얼마나 냉정한데. 재미없는 거에 시간하고 돈, 절대 안 써.
영화도 그렇잖아, 아무리 인기 많은 배우가 나와도 재미없으면 쪽박이다?

그리고,
네가 좋아하는
작가가 너처럼 생각하고
있다면 어떻겠어?
예를 들면,
그「빌려간 비디오…」
어쩌구 작가한테
네가 좋아한다고 했을 때.
나, 나는
아니야!!
작가님을
좋아하는
내 마음은
순수하다구!
너를 좋다고
해주는 독자들도
똑같은 거지, 뭐.
누구 마음은
순수하고, 누구 마음은
안 순수하고. 그런 거
아니잖아.
좋은 대사였어.
소설에 써도 돼?
상관없지만,
오늘은
완결 날이니까
쉰다며.
그냥 적어만
놓는 거야.
아~ 핸드폰에
적어놓는 건
이런 게 불편해.
컴퓨터로
옮길 땐 다시 타이핑
해야 되니까.

그거 알아?
핸드폰 기술은 벌써
엄청 앞서 나가
있대.
그런데 그걸
다 보여주지 않고
조금씩만 업그레이드
해서 판다는 거야.
어쩌면 아직
나오진 않았어도,
핸드폰에서는 벌써
별의별 게 다 되는 거
아닐까?
!
소설도 핸드폰으로
바로 써서 인터넷
사이트에 올릴 수
있고…
만들어놓고…
조금씩?
아주 좋은
아이디어야!
오늘 만나기를
정말 잘했어!
?

봐, 이게 하나의
완성된 소설이라고
쳐.
이 식빵 하나를
완전하게
구워놓은
다음.
이렇게 한 편씩
나눠서 연재하는 거야,
일정한 주기로.
그러면 독자들의 유입도
빠져나가지 않겠지.

갑자기
엄청 의욕이
생기는데?!
빨리 다음
소설 쓰고
싶다!
그래
오늘은 쉬고
ㅋㅋ
그런데 정말
핸드폰으로 소설을
바로 올릴 수 있는
시대가 올까?
ㅋㅋ
사진도 막 찍어서
바로 올리고?
아주 핸드폰으로
영화를 찍지 그래
ㅋㅋ
ㅋㅋ
그럼 나중엔
핸드폰이 무슨
집채만해지겠다.

일단 '완전한 식빵'
하나를 만들려면…
처음부터
마지막까지의 이야기를
모두 만들어
두어야 해.

그럼 지금까진
그때그때 썼단
말이야?
응, 그냥
'어떻게든 되겠지'
하고…
간도
크다…
이번 소설은
오래 걸리더라도
꼭 마지막까지 구상하고
들어갈 거야,
알았지?
그래라.

남은 시간에는
여자, 남자 나눠서
피구다!
피구…?
그래도 저번 같은
일은 안 일어나겠지?
화해…했을 테니까.
뭔가, 이거…
안 좋은 예감이
드는데…
악!
헉
또 시작이야!
이거
땅볼이다!
알지?
좋아,
걔네들한테는
공을 넘겨주지
말고…
얘!
공 나 줘.
공 넘기라고.
내 말 씹냐?

…
…
강슛
보여줘
ㅋㅋ

이제 아이들은
공이 코앞까지 와도
그 공을 건드리지
않았다.
공은 이제
'다른 애들'은 건드릴 수 없는
시한폭탄이 되었다.

야, 너 괜찮아?
얼굴이 새하얘.
왜, 김유리만
계속 괴롭히는
거지?
다시 친해
진다며…

푸닥거리 한 번 하고 나면
다시 친해진다는 애들의 말과는 다르게,
박현진은 되레 반 아이들에게 공표했다.
우리가 김유리
괴롭히는 데
협조해.
라고.

하지만 어쩌면
이게 더
자연스러운
일일지도
모른다.
너희 아빠가
원래는 좋은 사람
인데…
술을 먹어서
그러시는 거야.
처음 폭력이 시작된 이래로
약해지거나 멈추는 일은
없었으니까.
이번 일은
실수야,
잊어.

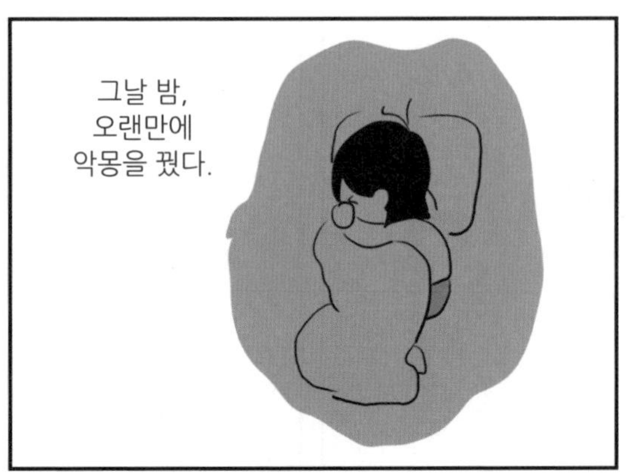
그날 밤,
오랜만에
악몽을 꿨다.

꿈속에서 김유리는 무기력하게
공을 맞고 있었다.
체육 수업 때의 모습 그대로였다.

그리고
그 공을 던지는
사람은 바로
나였다.

허억,
헉…

역시,
사과해야만 해.

기회다!
저기, 어젠
미안했어.
어제?
뭐가?

어제 피구할 때.
내가 박현진한테
공을 넘겼잖아.

넘겨주지
않고 버텼으면…
XX,

그래서
어쩌라고.
불쌍해서 좀
봐줬더니,
이제 별 게 다
날 만만하게
보네?
나, 난…

쾅
…

아무래도 내가
잘못한… 거겠지?
그럴지도
모르지.
걔 일진이라며.
그럼 가오 엄청
잡을 텐데.
모양 빠지잖아.
걔는 네가
어제 일 끄집어내서
말하는 걸
더 싫어할걸?
그, 그런가…
그래도 난,
내가 계속
김유리 편(?)이라는
걸 알려주고
싶었어…
글쎄, 그럼 결국
그건 네 마음이 편하고
싶었던 거 아닌가?
김유리에게
미안한 것보다는.
그, 그런…
…
…

오늘 나한테도
네가 잘못한 게 아니라는
말을 듣고 싶었던 것처럼?
맞다, 맞아…
네 말이 다 맞아…
정말 몇 달만
버티면,
김유리는
이 괴롭힘에서
벗어날 수 있을까?
꼭 그렇지만도
않을걸.
일진들은
이미 연합되어 있고,
고등학교 가도 맘먹으면
다 찾아낼 수 있으니까.
휴, 그래도 이렇게
얘기하니까 그나마
마음은 개운해졌다.
복잡했던 게
정리된
느낌이야.
친구들끼리
이런 얘기
안 해?
나도 애들
다 좋은 애들이란
건 알지만…
부담 주기도
싫고…
아직은
밝은 이야기나
일상적인 이야기
아니면 하기가
조심스럽더라고…

아무튼!
의외로 이런 상담 엄청
잘해주는데?
다시 봤어~
재희짱.
훗, 이제야
내 진가를
알아보는 거야,
미래짱~?
그런데, 일진에 대해선
왜 그렇게 잘 알아?
경험 있는
거지!
아, 아니거든!
난 그냥,
"나는 사람들을 좋아하고
관심이 많으니까,
자연스럽게 터득한
거야"
라니,
글을 쓰는 나보다
더 사람 공부를
한 거잖아.
반성해야겠군.

야!
너 그때 그 말
취소해!
뭐?
무슨 말?
우리들
그렇게 의리 없지
않거든?!
그럼 왜
그 일 이후에도
김유리 괴롭히는데?
그건 김유리
잘못이지!
엥?
그건 또
무슨…
다시 친해진 애들은,
다른 애들한테
빌고 또 빌어서 잘 지내게
해달라고 한 거라구.
그런데 김유리는
자존심만
세우니까.
…
그래서 애들이
안 봐주는 거야.
네 말 들으니까
그 '세계'가 더
싫어졌어.
야!
다른 애들은 다
그런다니까?
컴퓨터실
오늘은
라이X킹으로
누가 더 멀리
가나 하자.
치트키
쓰지 마.
쓴 적
없거든?
근데 그렇게
잘해?

어…
오늘은
꼭 이긴다.

저기
내 자린데…

왜 메신저
안 와.
어, 난 좀
있다가…

누가 있어서
그래? 내가 대신
말해줘?
아니, 아니!
내가 할게,
내가!
유진이가
말 걸었다간
찍힐 게 분명해.

저기, 거기
내 자린데…

쾅!
야, 가자.
깜짝

이따 봐~
꼭 내가 쫓아낸 것처럼 구네…
책 펴고, 다른 반 애들 빨리 나가!
쌤, 빠이빠이~
결국 몇 판 못했어.
타닥 타다닥
XX쪽부터 XX까지 시험 범위니까 알아두고…
ㅋㅋㅋ
타닥
어, 저 사이트는…
길마 오빠가 저번에 보던 사이트 같은데, '유머왕국'.
일진들도 저런 사이트 보는구나… 사이월드만 하는 줄 알았는데.
다음엔 도망치지 마.
도망친 거 아니라고!
글 안 쓰니까 시간이 이렇게 남네.
소설 쓸 때는 세 줄만 써도 몇십 분이 휑 사라져버리는데.

아까 박현진이
보던 유머사이트나
가볼까.
http://
humorkingdom.
co.k…

웃긴 자료
많다.
ㅋㅋ
박현진이
수업 시간 내내
여기만 보던 이유가
있었네.

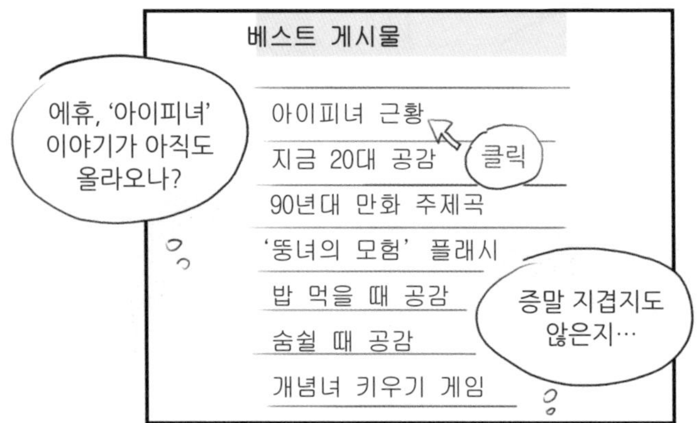
베스트 게시물
아이피녀 근황
지금 20대 공감
90년대 만화 주제곡
'뚱녀의 모험' 플래시
밥 먹을 때 공감
숨쉴 때 공감
개념녀 키우기 게임
에휴, '아이피녀'
이야기가 아직도
올라오나?
클릭
증말 지겹지도
않은지…

아이피녀 근황
작성자 : hjlove
클릭
작성자의 다른 게시물 보기
내 친구가 그년이랑 같은
학교 다녀서 아는뎅…
그년 학교에서 얼굴도
못 들고 다닌다 함 ㅋㅋㅋ
쌤통이지 않음?ㅋㅋㅋㅋ
이런 거 올리는
사람은 도대체 어떤
사람일까?
분명 할 일도
없는 사람이겠지.
hjlove님의 다른 게시물 보기
아이피녀 근황
님들 아이피녀가 글 올림 ㅋㅋ
아이피녀 사건 아는분?
님들 얘 좀 보셈 ㅋㅋㅋ
뭐야, 이 사람?!
작성 글이 다 '아이피녀'
얘기뿐이잖아?

그 글 올린 사람,
박현진 아냐?
아이디도 'hjlove'
라며.
나도 그런 생각을
하긴 했지만…

근거가 없잖아,
근거가…
흠,
혜진일 수도
있고…
희진일 수도
있고…
비켜봐.
걔 사이월드
한댔지?
나도 그건
확인해봤는데,
걔 사이월드 주소는
폰 번호로 되어 있어.
그러면…

사이월드 대신 블로그에
주소를 넣어보면…
blog.nxxer.com/hjlove
안녕하세요 박현진의 블로그입니다

!!

도, 동명이인일
수도 있잖아.
그럼
메일 주소로
검색해볼게.

hjlove@nxxxr.com의 검색 결과…
중고월드
○○중 조끼 팝니다 거이 한 번도
안 입엇어용^^~ 제 메일주소는 hj
이 ○○중학교,
너네 학교 맞지?
응…

이제
어째야 할지…
너무 머리가
어지러워.

박현진한테
그 유머왕국 사이트에서
'아이피녀' 글 그만 올리라고
쪽지를 보내볼까?
아니, 그럼
오히려 자기인 거
들켰다고 내뺄
가능성이…
!

진짜 걔, 글 다 지우고
모른 척할 수도 있어,
지금 당장 그 글 다
캡처해놔야 돼!

그럼, 그
'얼짱 도전' 사이트에
박현진이 제일 처음
올린 글도 캡처
해놔야겠지?!
응! 당연하지!
빨리
해야겠다…

어, 없어…
뭐?!
그 원래 글!
벌써 지웠나봐.
퍼간 글은 많은데
원본 글은 없어.

'아이피녀' 원본 글을
찾으면서 든 생각인데…
뭔가, 어떤 단서를
건너뛴 느낌이
자꾸 들어.
그건
아마…

'아이피녀' 글에 있던
아이피 주소!

…를 추적하면
올린 장소를 알 수
있지 않나~
길마한테 한번
물어볼게.
이런 거
잘 아니까.
으응…

그 글이 올라왔을 때
이미 아이피 추적을
해본 사람들이 있었대.
PC방에서 올린
거라고 하네.
"왜? '아이피녀'
무슨 새로운 사건이라도
터졌어?"
라는데,
얘기할까?
길마 오빠 분명
자기 흥미 위주로
파헤치고 블로그에
글도 올릴 거야.
싫어.
그나저나 걔
진짜 용의주도한데.
걔가 만약 범인
이라면, 아이피 주소를
이용한 것도 그렇고,
증거를 인멸한
것도 그렇고. 걔
컴퓨터 많이 해?
그런 것 같아,
'유머왕국'사이트에서
레벨이 꽤 높더라고.
게다가…
그래서~
이렇게 된 거지.
애들한테
'아이피녀'를
설명해준 것도
박현진이었어!

걔는 왜 그 정도로
김유리를 싫어하는
거래?
박현진이
김유리를
싫어하는 이유?
거야 뻔하지.
시기해서 그런
거 아니겠어?
여자들은
자기보다 예쁘면
질투하고 미워
하잖아.
그럼 질투도
등수를 매겨서
한다는 거야?
이백합은 예쁜데도
여자애들한테
인기 많잖아.
거야 뭐…
너무 예뻐서
질투하지도 못할
정도라서 그런 거
아닌가?
몰라!
여자애들 얘기를
왜 나한테 물어.

지가
먼저 아는 척해
놓고선…
나 땡땡이친다.
못 봤다고 해.
텄다, 텄어~
다음 시간에 해야지.
왜 그래?
태현이 형님이랑
박현진 싸운다.
그 형 성깔
더럽거든.
지금 눈에
띄면 안 돼.
응.
태현?
전에 박현진하고
김유리한테
고백했던?
저 오빠랑 박현진
사귄 지 얼마 안 됐잖아,
왜 싸우지?
처음부터
많이 싸웠어,
저 둘은.
왜?
아무도 없지?

태현이 형이 김유리한테
고백했었잖아. 그때 박현진이
태현이 형 좋아하고 있었거든.
그리고 '아이피녀' 사건 터지고
태현 형이 김유리 차고 바로
박현진한테 고백했지?

그게 박현진이
먼저 제안한 거래.
자기랑 사귀면
'아이피녀' 남친이라는
딱지 떼는 거라고
구슬린 거지.

그럼 그렇지,
무슨 여자애들이
예쁜 애 시기하게
만들어진
로봇도
아니고…
다 동기가
있는 거였어.

깜짝

쏴

쏴아

할 말 있으면
빨리 말해.
짜증 나게
굴지 말고.
핫!
꼭 여기까지 와서
말을 해야 돼?
으응,
비밀스러운
얘기니까…
화장실 안에
들어가서 얘기해도
되잖아.
거긴 안 돼,
얘기가 들릴 수도
있어.
걷는 것까지
어색하다니까?
박현진이
널 미워하는 거,
그 태현이라는 사람
때문에 그런 거야?
임태현?
뭐 그럴 수도
있지.
그 오빠가
너랑 사귈 때
박현진도 그 오빠
좋아했다며.
그래서 널
그렇게…
그런데 그거
한두 번이 아닌데?
걔가 좋아하는 남자들
다 날 좋아했거든.

그런데 이런 거 왜 물어보냐?

너, 널 조금이라도 도와줄 수 있을까 해서…

니가? 어떻게?

그건… 생각 중이야.

니가 도와주긴 뭘 도와주냐, 니 앞가림이나 잘해.

아! 설마,

너, 그때 내가 구해준 거 때문에 계속 이러는 거?

응?

구해주다니?

반성문 보여준 걸 말하나?

학교에서
도피하려다가
불량한 애들을
만났을 때,
김유리가
막아줘서
무사히
다시 학교로
돌아올 수
있었지.

안 그랬으면
지금의
친구들도 만나지
못했을 거야.

그럼 무슨 일이
생겼을 때
아이들하고 창가로
달려가는 것도
못해봤을 거고,
친구들과 하는
합숙이 그렇게
재밌는 건 줄
평생 몰랐을 수도
있어.

그래서 김유리를
도와줘야겠다고?
어떻게?
생각 중이야.
괜한 신경 쓰는 거
아냐? 그때 도와준 거
걔한텐 그렇게 큰일도
아닐걸.
그렇지만,
그때 걔의 도움이
내 인생을
바꿔놓았는걸.

하지만,
어떻게 하려고?
걔넨
일진들이잖아.
…
그게 자꾸
신경 쓰이면,
그냥
다음 소설을
구상하는 건
어때?
소설…
다른 것보다,
네가 걱정돼서
그래.
그러고 보니
글 안 올린지도
꽤 됐구나.
작가님! 다음 작품
얼른 보고 싶어요~
전 그래도 전작
다 좋았어요!
얼른 돌아오세요!
아직도…
그저 글을 썼을 뿐인데
이렇게 기억해주고
좋아해주시다니…

김유리를 도와주고 싶어…
다음 소설… 은혜를
갚아야 돼… 구상…
끙 끙

짹짹
짹
번쩍
무슨 일인데 그래?
이렇게 급하게…
들어봐!
내가 완전 큰
발견을 했다고!
이런 건
당장
말해야 해!
자기 전에 걱정거리들을
한데 모아서 계속 계속
생각하잖아?
그러면,
아침에 일어나면
거짓말같이 해답이
떠올라!
… 그거 말하려고
불러낸 거야?
하암
아니,
그게 아니고.

왜 박현진(?)의 '아이피녀' 글은 온 인터넷에 퍼지고,
김유리의 해명 글은 그냥 묻혀 버렸을까?
사람들은 남이 못되는 일에 더 관심이 있으니까.
그것도 그렇지만… 내 생각엔 이야기의 힘이라고 생각해!
"어떤 여자애가 자기 사진 올리면서 예쁘다는 글도 자기가 달았대" 라고 하면 재미가 없잖아?

그런데 인터넷 게시물에서는 평범한 얼짱 도전 게시글 → 아이피가 보이는 칭찬 리플 → 사실은 글쓴이가 리플 쓴 사람이라는 순서대로 보이는 거잖아.
너 이 얘기 알아?
뭔데? 링크 좀.
이건 완전 하나의 '이야기'지!

… 그래서, 김유리를 도울 방법을 찾았어!

그건 바로…
내 다음 소설 이야!

다음 날

"어쨌든 너무 위험한 일은 하지 마."

"정의로운 일을 하려는 건 좋지만…"

그래! 김유리 의사를 먼저 물어봐야지.

당사자 의견도 안 물어보고 나 혼자 밀어붙이는 거야말로 어쭙잖은 정의감이야.

언제 말을 걸어보지…

어느새 종례 시간이네.

헉,

김유리 간다!

없네, 벌써
가버렸나.
다음에
말해야 하나.

일단 문자라도
보내봐야지.
집에
안 가?

곧 선생님
오시겠다.
우리라도 빨리
하고 가자.

같은
청소 당번인데,
청소하는 사람
따로 있고, 노는 사람
따로 있나?
이러니까
집에 가는 시간이
더 늦어지지!

빨리 끝내고
집에 가라!
드르륵
선생님
화나셨네.
화 잘
안 내시
는데…

그렇게
착한 척하면
좋냐? 응?

이깟 청소,
하면 되잖아,
하면!!
팡
팡
팡
왜 저래…

이만하면 됐지?
청소 다 한 거
아니냐고.
이제
집에 좀 가자,
엉?
으응…

예전
김유리 때(?)가
더 좋았어, 그치?

응, 걘 그래도
조용했잖아.

누가 됐든…
우리반에 '엄석대'가
있는 건 싫어.

어?

잠깐.

저건 ㅇㅇ고
언니들이랑…

김유리, 박현진
이잖아!

어쩌지… 말했다가
내가 이른 거라는
사실이 밝혀지면…
나도…
김유리를
도와줘야
하는데…
그래.
안녕히 계세요,
쌤!
왜 지금
송재민이 했던 얘기가
떠오르냐구…!

쌤! 저기
우리 학교 애
끌려갔어요.
뭐?!

저기 저
골목인데요.
…

그, 그만
따라가!
?

왜
숨는 건데?
그건…
그렇지,
우리가 잘못한
것도 아닌데.

저기, 별일
없었지?
쌤이 금방
갔으니까…
…
저기, 아까 내가
문자 보냈었는데,
혹시 못 봤…
나 폰 없어,
버렸어.
그래?
어… 왜?
고장 났어?

인터넷의
그 미친X들이
하도 장난 전화랑
문자질을 해대니까.
다른 사람들 연락은
받을 수도 없어.
켜놓기만 해도 배터리가
닳아, 알았어?

계속되는
사이버 테러처럼,
고등학교에
가서도
저런 언니들과
마주쳐야 한다면,
일단 뭐라도
해보는 게 낫지
않을까.
눈이…
빨개!

나,
널 도울 방법을
찾은 것 같아.
잘 될지는
모르겠지만…

집에 오는 길

저 사람들도
서코 갔다 왔나 봐.

내 글 보기
아이피녀 근황3(2)
아이피녀 근황2(5)
아이피녀 근황(22)
리플이 점점 줄고 있잖아!
뉴나~ 멀 그러케 잼께 봐여?
어?! 아무것도 아냐!
귀여워…
뉴나! 나 네다리 사줘용~
아, 알았어…
alt + tap
맛있게 먹을게요. 사랑해요 누낭~
사, 사랑 한다니…
두근 두근
나에겐 태현 오빠가 있다구…
야, 너 저 누나 좋아하냐?
좋아서 이러는 거겠냐? ㅋㅋ
조심해. 태현 형 열 받을라.
그 xx 면상으로 일짱 한 거지. 싸우면 내가 이김ㅋ

부모님은?

일 가셨지, 맞벌이하셔.

좋은 냄새…

손 안 씻어?

미, 미안…

뭘 또 미안이래.
넌 왜 그렇게 소심하냐?

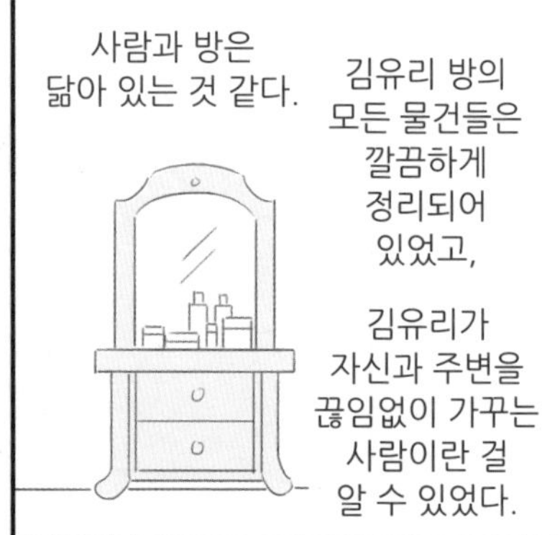
사람과 방은 닮아 있는 것 같다.
김유리 방의 모든 물건들은 깔끔하게 정리되어 있었고,
김유리가 자신과 주변을 끊임없이 가꾸는 사람이란 걸 알 수 있었다.

솔직히 지금까진 그냥 일진이라고만 생각했는데 말이지…
삐 삐 삐

언니 왔어? 친구 놀러 왔어.

아, 안녕…
잘 놀다…

후다닥

우리 언니,
너랑 닮았어.
나, 나랑?

내가 저렇게
숫기가 없나…
그래도 많이
바뀌었다고
생각했는데…

우리 언니도 예전엔
저 정도는 아니었는데,
무슨 시험
떨어지고 나선
계속 저 상태야.
그랬구나…

이게
내가 전에 쓴
소설들.
몇 편만
가져왔어.

일진들이
이런다고?
ㅋㅋㅋㅋ
너.내.깔.해.라.?
소리 내서
읽지 마…
아, 미친
ㅋㅋㅋ

그래도,
재밌네.
다른 편
더 없어?
완결했다며.
그건 소설 카페에
다 있어.
컴퓨터 좀
쓸게.
와~ 컴퓨터
엄청 좋은거 쓰네.
너 게임 해?
아니,
그냥 아빠가
맞춰준 건데.
아빠가 친구한테
"우리 딸이 쓸 거니까
제일 좋은 걸로 달라"
고 했대.
사랑받고
있구나…
혹시 지금,
박현진 일…
부모님도
알아?
아니…
너 같으면
말하겠냐?
음, 그렇지.
못 말하지.

우리가 쓸 소설에 대해 말해줄게.
일단 주인공은 너랑 박현진이랑 임태현이야.
임태현은 왜? 나 개 관심 없는데.
겉으로는 로맨스의 탈을 쓸 거거든.
그리고 넌 좀 청순 귀여운… 박현진은 고양이 눈매에 미녀…
야! 뭐야! 박현진 못생겼는데!
너 드라마에서 악녀가 못생긴 거 봤어?
VS
우린 시청률을 끌어올려야 하는 거라구!
그래야 많은 사람들이 보고 너의 결백도 알릴 수 있잖아!
장미래, 오늘 뭔가 좀 다르다? 대들 줄도 알고.
기분 나빴어? 미…, 크흠.
미안하단 말 하지 말랬지…
너를 위해 쓰는 이야기지만 이건 내 소설이기도 해.
나도 완성도를 위해 타협할 수 없는 지점이 있으니까.

그래,
무슨 말인지는
대충 알았는데
솔직히 아직은
잘 모르겠다.
인터넷 소설로
뭔가 해결된다는
것도 잘 모르겠고.
응, 제일
중요한 건
네 의사니까.
좀 더 생각해
보자.
다음 날
야, 김유리.
우리도 이제
적당히 해야지?
화해할 때가
된 거 같다고.
학교 끝나고
보자.
!
와~ 잘됐다,
정말 잘됐어!
너만 잘되면
그런 건
상관없어!
너 소설 쓰고
싶은 거 아니었어?

이따 끝나고
학교 뒷산에서
보기로 했어.
만나고 와서
어떻게 됐는지
말해줄게.
응, 나 도서실
들렀다 가니까
마주칠 수도
있겠다.
지금쯤
이야기 중이려나.
이쯤이면
되겠지.
야, 잡아.
!
화해도 말이야,
풀 건 다 풀고 하는 게
순서 아니야?
안 그래?
잘 찍고
있지?
네, 누나!

시간이 너무 늦었네.
김유리는 벌써 집에 갔으려나.
아니면 애들하고 놀고 있을지도.
야, 영상 다른 데다 올리지 마. 내가 올릴 거니까.
네.
사이월드에만 비공개로 올릴게요.
내가 편집해서 올려야 하니까.
앗, 김유리다!
그런데 꼴이 왜 저렇지?
기, 김유리?! 너 얼굴이…
퉁퉁 부었어!
빨리…
뭐라도 좀 해줘… 소설이든 뭐든…
…
더 이상 버틸 수가 없어…

어제 그 소설 봤어? 베스트 소설에 올라온 그거!
「아이피녀, ○○고 일진 짱 여친 되다」?! 그거 말하는 거지?!
뭔데? 재밌는 소설 나왔어?
뭐야 뭐야?
응,
주인공은 이번에 고딩 된 평범녀 '김예리' 인데,
사실은 중학교 때 일진이었던 애야.
그럼 실제 얘기가 아닌가? 우리 학교 '아이피녀'랑 설정이 다르잖아.
그런데 신기한 게 있어! 봐봐, 소설에선 김예리랑 박혜진.
우리 학교 애는 김유리랑 박현진 이잖아.
그럼 진짜 우리 학교 애들 얘기인가?
헐, 진짜?
너네도 그 소설 얘기 중?
맞다.
너 1반이지? 실제로 박현진이랑 김유리가 그런 사이였어?
다른 건 몰라도 그거 말야…

네가 예전에 말했던
'아이피녀' 있잖아.
응, 그게 왜?
그 뒷얘기
같은 거 인터넷에
떠돌던데…
이 소설,
다른 사이트에는
아직 안 퍼졌겠지?
응,
아마도.
내가
제일 먼저
올려야지.
블로그에도
업로드 완료.
그렇게 전했어.
고마워.
3편은
몰아 올렸으니까
오늘은 한 편만…
그리고
시간이 남으면
비축분을…
대충 흐름은
생각해뒀으니까
할 수 있어…

지금(1~3편)까지의 줄거리
과거 여자 일진이었던 김예리.
김예리를 사랑한 김태현.
김태현을 사랑한 박혜진.
박혜진 때문에 '아이피녀'가 되고
일진회에서 제명당한 김예리는
고등학생이 되자 과거를 숨기고
평범녀인 척을 하는데…
이제 4편째니까,
김예리의 안경 벗은 모습을 김태현한테 들켰다고 하자.
리플도 많이 달리고 반응도 좋은데…
감상 메일은 역시 예전보다 안 오는구나.
하긴 메일이랑 필명도 다 바꿨으니…
괜히 시간 보내지 말고 일찍 자야지.
알람 맞춰놓고.
내일 학교에서 졸지 않으려면.
장미래, 요즘은 수업 시간에 안 조는군.
왜냐하면 집에 가서 쓸 소설을 생각해야 하니까!
구상
줄거리

그 소설에 '김태현' 말야, 아무래도 그 오빠 같지?
뛰면서 떠들면 숨차 이것들아.
김유리랑 박현진한테 고백했던 '임태현'?
게다가 1반 애들이 그랬잖아. 소설에 나왔던 그거.
그래, 그 '피구 사건' 진짜라고.
그럼 소설대로 '아이피녀' 사건도 박현진이 만들어낸 거라고?
세상에…
태현 오빠가 예리 얼른 알아 봤으면 좋겠어!
다른 건 몰라도.
예리가 안경만 벗으면 바로 눈치챌 텐데~!
야, 임태현! 너 요즘 인터넷에서 유명하더라?
나? 왜?
여기 이게 그 소설인데…
너무 길어 요약해줘.

… 그래서
니가 예전에 김유리한테 고백한 장면도 똑같고.
이 소설에 있는 일들이 다 실제 얘기 아니냐는 말이 있단 거지.
누가 쓴 건지는 몰라도.
…
거기서 김유리는 어때?
응? 뭐가?
나에 대한 감정 말이야… 아직도 좋아하는지…
소설에서 김유리는 아무것도 모르고 갑자기 너한테 차인 거니까…
하아, 김유리…
그래도 아직 널 그리워 하는 마음이 있어.
파앗
김유리…!
야, 요즘 도는 그거 있잖아. 그거, 아무래도 그 언니들 일이지?
여자애들이 말하던?
아, 그거? 그럼 그 얘기도 나오나?

그 산속에서
있었던 일.
그거…
무서웠지.
나 그때
솔직히 현진
언니 좀 또라이
같았어.
야, 근데 이번
소설 인터넷에
다 퍼졌잖아.
띵동
그럼 현진
누나도 봤나?
왜 아무 말도
없지?
… 지금 바로
문자 왔다,
언니한테.
뭐래?
족치러 갈
준비 하라는데?
누군진
알지?라고…
야,
우리 지금 몸 좀
사려야 될 때 같다.
뭐가?
지금 3학년 형들
현진 누나랑 사이 별로
안 좋은 게, 경민이 형이랑
태현이 형 사이 안 좋아서
그런 거잖아.
그런데
현진 누나랑
태현 형이랑
사귀고 있고.
우리도 계속
그 누나한테
붙어 있으면 위험할
거 같은데…

맞다! 그때
'아이피녀' 사건 때도,
유리 언니 친구들도
신상 다 털렸잖아.
지금 인터넷에서
현진 언니 엄청
욕먹던데…
그럼 우리도…
이것들이…
내 문자를
씹어?!
저, 전화 왔다!
어떡해?
이, 일단
받지 마 봐!
나 혼자면
뭐 김유리한테
쫄 줄 알고?
이제 김유리
걔 정도는 나 혼자
처리할 수 있다고!

아, 이제
안 오네.
다른 애들한테도
말해줘야 하나?
지금 어디 있지?
PC방 간다고
했던 거 같은데.
야, 이
'아이피녀 뒷이야기
아세요?' 이 글,
박현진 누나
얘기 맞지?
뭐 보냐?
'유머왕국'
본다.
위에 있는 소설이 바로 '아이피녀'
뒷이야기래요! 아이피녀도 다 조작된
거고 저 현진이라는 악녀가
유리라는 애 괴롭히려고 그런 거래요!
헐 이런 반전이…ㄷㄷㄷ
저 현진이라는 애 신상 아시는 분?
ㄴ 네티즌 수사대 출동해야겠다!
ㄴ 같은 학교 다니는 애 없나?
ㄴ 저번에도 그렇게 찾았자나!
ㄴ 나와라 나와~!
ㄴ 용자 나와라~
야, 그때
그 산속에서 찍은
영상 파일,
너한테 있지?
어, 그런데
왜?
현진 누나가
건들지 말랬잖아.
네티즌
수사대
용자
그거 나한테 좀
보내봐.

…

여보세요.
!

전화 받네?
응, 갑자기 문자고 전화고 막 오던 게 뚝 끊겼어.
다행이다…

다음 내용에 대해서 말인데,
박혜진이 김예리 일진이었던 거 김태현한테 알리려고, 김예리 가방에 몰래 담배를 넣어둘 거거든.
이거 좀… 그런가?

이건 박현진이
실제로 한 일이
아니니까…
너, 예전에
가방에서 담배 나와서
반성문 쓴 적 있지?
그거 박현진이
넣은 거야.
뭐?!
…

… 잘 쓸 수
있을 것 같다.
ㅋㅋ

장미래?

이렇게 단 둘이
보는 거 오랜만이다,
그치?

그래서,
어떻게, 됐어?
허억
허억
안 와도
된다니까.
걱정
돼서…
그 소설을 쓴 게
나는 아니라고 생각은
하지만, 누군지 모르니까
엄청 열 받아 하더라고.
그래서 나한테
지X하려는
그 순간!
아이피녀? 너는 이제
자작녀야 자작녀ㅋㅋ
영상 잘
봤다ㅋㅋㅋ
XX
사이코패스
XX
넌 내가 평생
기억한다 XXX아
니 얼굴 이제
다 팔림 ㅋㅋ
미친X 이제
다음은 너야
ㅋㅋㅋ
그동안 내가 당했던 거
이제 걔가 당할 차례인 거지.
으응…
지잉~
아직도
문자 와?
음…
그렇긴 한데,
보여줄까?

이제 인터넷 사람들(?)이 너 도와준다고 하는 거야?

별로. 그렇지도 않아.

든든하겠다~

오빠가 지켜준대.

이런 사람들이 '아이피녀'사건 때는 뭐라고 한 줄 알아?

?

받은 메시지
멍청한 X ㅋㅋ 너네 학교 찾아가서 이 오빠가 교육 좀 시켜줘야겠다 ㅋㅋ

욕하는 인간이나, 도와준다는 인간이나,

다 똑같아. 믿을 수 없어.

왔니?
응~

한 번 손을 씻기 시작하니까.
이세 나갔다 와서 안 씻으면 찝찝하단 말이지.

다른 사이트에 올라간 소설 반응도 보고 싶지만,
그런 데 시간 뺏기면 소설을 못 쓰니까…

소설을 올리는 곳은
한 군데였지만,
올리는 족족
인터넷이라는 바다에
'아이피녀' 소설이
퍼져 나갔다.
글을 쓰는 동안은
기분 좋은 긴장감에 휩싸여
피곤함도 잊었다.
내 인생에서
이 정도로 주목
받으며 글을 쓸
기회가 있을까?

그 시각

네? 김유리
맞는데요, 아…
아이피녀요.
네,
그 사진도
저 맞아요.
네? … 아니,
장난 아니고요?

언니!
나…

아니,
아니지.
걔한텐
내일 직접
말해줘야지~

언니~
나
학교 다녀…
멈칫
…
야,
장미래.
응, 왔,
어? 너
머리핀!

괜찮은 곳 맞아? 이상한 데면 어떡해…

너 OOO랑 OOO 알지? 그 연예인 있는 기획사야.

처음 들어보는 곳인데…

이번 소설 보고 나 알게 됐다고 한번 보자더라.

아이피녀 사진도 봤다고 그러고.

그럼 너 TV에서 볼 수 있는 거야? 엄청 신기해.

두근 거려~

아직 몰라, 부모님하고 같이 미팅하자고 그랬어.

저, 유리야.

있잖아…

호다닥

자기가 소설
쓴 거 안 들키려고
저러나?
나랑 친하면
의심
받을까봐.
할 말이
뭔데?

사과하려고
말 거는 것
같은데,
나 같은 애랑
김유리랑 친한 것처럼
보이면 김유리한테
안 좋겠지…
미안해…
그동안…
우리 예전에는
친했었잖아.
그랬지.
다시 친하게
지냈으면
좋겠어.
그래.

나 있잖아,
연습생 제의
받았다?
진짜?!
헐헐헐~

애들아, 완전 빅뉴스!
헐~!
유리, OO 기획사에 캐스팅됐대!
하긴 유리가 좀 이쁘잖아~
인터넷에 올라온 사진 보고 캐스팅된 거야?
응.
그럼 누구는 완전 남 좋은 일만 시킨 거네?
배 아파서 어떡해~
ㅋㅋㅋ

솔직히 우리도, 박현진 좀 별로였어.
어쩔 수 없이 같이 논 거야.
나, 그동안 말 못한 거 있는데,
이상하게 걔랑 있으면 화장품 한두 개씩 없어지더라.
헐~ 너도? 나도!
어쨌든 이제 다시 같이 놀 수 있게 돼서 좋다, 유리야~
맞아! 그동안 박현진 때문에 우리 같이 못 놀았잖아~
놀고 있네.
나랑 논 것도 안 논 것도 다 자기들 마음대로였으면서.
그런데 박현진이 원래 '아이피녀' 맞는 거야?
김유리가 박현진하고 둘이 만났을 때, 물어봤대.
부들대면서 다 실토 했다던데.
그래봤자 넌 '아이피녀' 야…
니 신상은 이미 다 팔린 거라구…
그건 되돌릴 수 없을걸?
박현진은 김유리가 정말 싫었나봐…

이번에 올라온
학교 뒷산에서 찍은
영상 봤어?

아, 그거.
얘기는
들었는데…

박현진이
김유리 때리면서
막 뭐라고 하는
영상이라며.

솔직히 볼 용기가
안 나더라고…
김유리도 박현진도…

미안, 나 이제
소설 쓰러 가야겠다.

그래, 그럼…

다른 친구
불러.

괜찮지?
어차피 재희짱
인기쟁이잖아~

요즘은 가끔씩,
좌우명이
'호사다마'였던
그때가 생각난다.

알 수 없는
불안과 두려움으로
모든 것을 징조로
받아들였던 그때.

하지만 이제는
알 것 같다.

내가 손을
내밀어야 사람은
손을 잡고,

내 글을 봐달라는
노력을 할 때, 사람들은
보아준다.

근거 없는 결과는
없다.

보잘것없는 경계심으로
운명을 짚어보려 했던 것이,
오히려 인간 능력 밖의
오만한 가늠이었을지
모른다.
오! 메일
많이 왔다.

바로 이런 놀라움 앞에서 말이다.
어…
아…

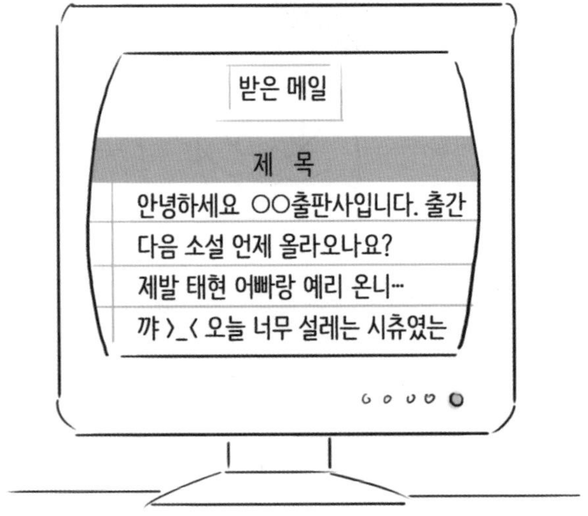
받은 메일
제 목
안녕하세요 OO출판사입니다. 출간
다음 소설 언제 올라오나요?
제발 태현 어빠랑 예리 온니…
꺄 >_< 오늘 너무 설레는 시츄였는

이런 날은
무슨 옷을 입고 가야
하는 거지?
뭔가 격식 차린
옷을 입어야 될 것
같은데…
그래, 역시
교복이지.
교복은 장례식장에
입고 가도 된다고
교과서에서 본 것
같아 .
우욱…
옷 입으니까
더 긴장된다.
토할 것
같아…
뭔가 안정이
필요해.
준비
다 했니?
응,
엄마.

예술가
같다.
작가님…
언제 들어도
익숙해지지
않는군.
안녕하세요
작가님, 그리고
어머님~
○○출판사
대표입니다.
출판사 근처라
그런가(?)
… 그래서 요즘에는
인터넷 소설의
독자들이 느는
추세구요.
우리
출판사에서는
이미 많은 소설
들이…
그런데
아까 그 사람
자꾸 눈에
밟혀.
어디선가 분명
본 거 같은데.
작가님, 혹시
이 작품 이전에 쓰신
작품이 있나요?
네, 예전에는
다크666이라는
필명으로…
책 구성 관련해서는
담당 편집자가 말씀해
주실 겁니다.
안녕하세요
처음 뵙겠
습니다.
분명
어디선가…

뭔가 아주 중요한 걸 지나친 것 같아.
이거 때문에 신경이 다 쏠려서 긴장도 안 되네.
그래서 작가님의 인기가…
연재 속도도 빠른 편이고요, 소재도 괜찮고…

‘다크666’이라는 필명으로 소설 연재했다고 하셨죠?
전작도 보았는데, 독자들이 무엇을 좋아하는지 알고 계시는 것 같더라고요.
그렇군요.
응?!
너, 너무 칭찬하시는 거 아니야?
엄마도 어리둥절한 것 같은데…
부끄러워…
저희 측에선 잠재력이 기대되기도 하고…
자, 이제 계약서 이야기를 해볼까요?
다행이다, 다른 이야기로 넘어가서.…
그래서 출판권은 5년 동안 귀속되고…
엄마는 아는 건가?
무, 무슨 말이지…
인세는 발행 부수의 10%, 2쇄 발행 시…

저, 잠시 화장실
좀…
그러세요,
작가님~

오랜만에
긴장했더니 또
온몸이 아프네.
뻐근
뻐근

빌려간
비디오는
거꾸로
꽂혀 있다
진재현
그런데, 정말.
나도 이제 그런
작가님이
된 건가?

아니지,
그런 건 순수 문학
쪽이고…
역시
나 같은 건
작가로 인정
안 될지도…

어쨌든, 여기까지 왔는데
내가 먼저 도망치진 말자.

아무리 내가
노력했어도…
알 게 모르게
현재희가
밥 사준 적이 종종
있었으니까.
게다가
내겐
빚이 있잖아.
만약 돈 받으면,
현재희 맛있는 것도
사줄 수 있을 거야.

작가님!
깜짝
네?!
저, 작가님께 드릴 말씀이 있어요!
뭐지? 혹시 출판 취소?
뭔가 잘못 된 건가?
그럼 그렇지 일이 그렇게 잘 풀릴 리가…
제가 'pizza3' 이에요!
'pizza3' 이라면…
어, 혹시!
제가 처음 올린 인터넷 소설에서 리플 달아주신 분 맞죠?
네! 블로그에도 글 남겼고요~
아, 아… 하긴. 이제야 좀 말이 되는 것 같아요.
담당자님 덕분에 이렇게 연락이 온 거군요.

혹시 제가 블로그에 남겼던 글 보고 신경 써 주신 거면… 감사해요.
역시 제가 쓴 글만 가지고 이렇게 잘될 수 없었겠죠…
어머~ 아니에요 작가님.
작가님 이번 작품에서는 필명도 바꾸셨잖아요.

저는 작품을 보고 대표님께 소개시켜 드린 것이고요,
책의 출간은 편집부의 회의 결과 결정되는걸요.
그리고 출판사는 책이 잘 팔릴지도 생각해야 하고요.
저희는 작가님의 가능성을 보고 투자를 하는 거예요.
그럴 만한 가치가 있으신 분이니까요.

계약서 내용이 영 어려워서… 집에 가서 찬찬히 봐도 될까요?
물론입니다, 어머님.

그럼 진행 상황이나
전달 사항은 메일로
보내 드리겠습니다.
안녕히 계세요~
조심히
가십시오~
이제 슬슬
들어갈…ㅠ
어머, 죄송합니다.
아녜요,
괜찮아요.

아무리 생각해도
낯이 익는단 말이지…
굉장히 오랫동안
알고 지낸 느낌이
들어.
그럴 리가
없는데.
너, 네 이름으로
된 도장 없지?
어?
응…
아, 계약서 날인에
필요하니까…
도장
열쇠
그 사람들 말
들어보니까 우리 미래
참 대단하더라.
엉? 아니,
아니야. 그건
그냥…
앞에 있으니까
좋은 말 해주신
거겠지…
그래도 그분들은
전문가인데,
빈말하겠니.
그리고
저는 빈말
안 해요!
맞다,
그렇게 말씀
하셨지…

그러고 보면 넌 초등학교 때 글짓기 상도 많이 받아 왔었지.
다 작가 되려고 그랬나보다.
으응…
엄마 그런 거 다 기억 하는구나…
예쁘게 좀 해주세요.
엄마랑 글 얘기는 해본 적이 없네.
관심이 없는 줄 알았어.
알겠습니다~
저기, 나 책 나오면 엄마도 한 권 줄까?
애는, 당연한 소리를 하니.
엄마도 책 읽는구나.
저, 내가 제일 좋아하는 책은 이건데…
중요한 날에 이거 부적처럼 가지고 다녀.
오늘 같은 날 말이야.
이 사람이 작가니? 특이하게 생겼네.
응? 작가?

진 재 현

제 첫 책이네요.
잘 부탁드립니다.

짠~
치마 너무 짧게 줄인 거 아냐?
이건 거의 정사각형 수준인데…
더 줄여달라고 하지나 마라~
며칠 전
네 덕에 일이 잘 풀렸는데. 내가 해준 것도 없고.
대신 좋은 거 하나 줄게.
그래서 준 게 줄인 치마라니…
감사의 표현 방식도 사람마다 다르다는 게 재밌다.
왠지 귀여워.
생각보다 괜찮네! 엄청 짧은 것도 아니고.
그치?
그럴 줄 알았다니까.

?
흐음…
가만 좀 있어봐.
휴! 이제야 좀 속이 풀리네.
그동안 답답했는데.
음침해!
짜증 나!
내 머리가 그렇게 답답했어…?
음, 머리도 그렇지만
봐봐,
평소에 너는.
이런 표정이라고.
내, 내가?!
그렇게 짜증 내는 표정이야?!
아님 말고.

내가 평소에 어떤 표정을 짓고 있는지…
그런 건 생각해본 적이 없는데…
양선아, 너 혹시 거울 있어?
여기, 머리 묶었네? 귀엽다~
평소 내 표정이 어떻다는 거야…
어디 한번 볼까…
헉! 김유리 말대로잖아!
엄청 무뚝뚝해!
어머! 아하핫!!
깜짝
뭐야~ 장미래가 거울을 다 보네?
설마 남친 생겼어?
아, 아니…

근데~
우리 학교 색 있는
머리끈 안 되는 거
알지?
자, 잠깐 하고
빼려고 했어…
장노란이
말 걸 때마다
긴장하는 건
평생 안
고쳐지려나.
민망해서
도망 와버렸네.

흠…
내 평소 표정이
이랬군.
내가 봐도,
다른 애들이 쉽게
다가올 만한 표정은
아닌 것 같아.
이게
학기 초에
다른 아이들이
나를 봤을 때의
모습이겠지.

나 머리 푼 게
나아, 묶은 게
나아?
나한테
맡겨.

초집중
맡기라니
맡기긴
하는데…

짠~ 봐봐.
오!
현재희 거울
생각보다 괜찮은데?
내 표정이 짜증 내는 것 같대. 어떻게 고치지?
있잖아, 오늘 어떤 애가 말이지,
말 하고 있을 땐 괜찮은데.
이 이마 가운데를
실짝만 올려봐.
이렇게?
응.
나도 무표정일 땐 이렇게 된다구.
그래도 잘생겼지만.
휴, 이제 만반의 준비를 끝낸 것 같다.
말 안 해줄 거야?
누굴 만나러 가는데 그렇게 꾸미는 거야.

출판 얘기는
나중에
말해야지,
깜짝 놀라게!
혹시 남자?
그런 것보다
훨씬 대단한
사람이거든!
흠흠
일단 남자는
아니군.
바보야.
잘 갔다 와.
편집자님이
이 건물이라고
하셨는데…
어서 와요~
안녕
하세요.

쓰신 글 잘 읽었어요~
좋던데요!
뭐 좋아해요?
아, 아무거나 …
많이 먹어요~
자, 잘 먹겠습니다.
스파게티 먹는 법, 미리 배워둬서 다행이다.
따듯한 라떼 하나 주세요.
뭐 먹을래요?
작가님이랑 같은 거요!

어른 커피다…
두근
두근
난 지금
어른 커피를
마시고 있어!

이제 바쁘겠어요,
학교 공부도 하고
책도 빨리 쓰려면.

괜찮아요,
어차피 저 공부
안 해서…

어머!
그러면 안 돼요!

헉,
혼내시려는
건가.

학교만큼
소재가 쌓인 곳이
없잖아요.

학교 생활은
물론이고,

선생님 말씀이나
교과서의 글들이
다 소재 거리가
된다구요.

나처럼 나이 먹으면
다 까먹어서 학원물
그리기도 힘들다구요.

흐흐

혼내는 게
아니었구나.

「빌려간 비디오…」 이거 엄청 오랜만이네요. 제가 썼지만.
사인은 여기에 할까요?
네!
"… 작가님께" 라고 써 드리면 되겠죠?
앗, 어…
사실 그 말이 좀 쑥스러워요… 특히 작가님처럼
순문학을 쓰시는 분 앞에서 제가…
응? 무슨 말이에요? 나 인터넷 소설을 더 많이 썼는데.
저번 주에도 로맨스 소설 계약했는걸요.
네? 하지만 작가님 성함으로 검색해봤는데…
저, 장르마다 필명 다르게 쓰니까요.
제 다른 소설 빌려 드릴까요?
그럼 잘 가요~
?
?
『어차피 넌 내 맘 몰라』 1~2권
『일곱 왕자님과 나』 1~3권
『그리고 다음날은 다르다』
『이세계에서 처음 배우는 사랑의 마법』

너, 운동화
필요하댔지?
넌 나이○파야,
아니면 아디○○파야?
흠, 운동화는
역시 나이○
쪽이랄까.
로고가 깔끔해서
좋아.
어서
오세요~
휙
운동화를
사주겠다고?
계약금 그렇게
많이 받았어?
엄청 많이는
아니지만.
괜찮은데…
사려면 너 신발
사라, 응?
너 신발 별로
없잖아.
흠,
그렇다면.
이거 같은 거
사면 할인, 맞죠?
네.
한번 움직여
보세요.

그럼 양말도
맞춰서 살까?
양말도
패션이야!
양말을 따로
산다구?!
게다가
비싸…
양말은
내가 살게,
출판 기념으로.
이거 어디
함부로 신겠어?
특별한 날
신어야겠다.
원래
선물이란 게,
자기 돈으로
사기 아까운 거
사주는 거야.
미안, 오늘
밥도 사주고
그러고 싶었는데,
엄마 만나기로
해서…
그래,
그럼 다음에
보자.
신발
고마워~
여성 내복은
몇 층에 있지?

앗, 엄마!
이 층에서 내리면 안 돼!
어서 오세요~
너 겨울옷 좀 보자고.
나 겨울옷 있는데…
그건 추워서 안 돼.
오리털 잠바를 사야지.
너무 비싼데…
이거 계산해 주세요.
네~
잘 입을게요…
엄마가 나한테 왜 이렇게 잘해주지?
혹시…
아닐 텐데…

엄마!
여기, 여기!
내복(여성언더웨어)
엄마 내복
사주는 거야?
어머, 효녀다~
헤~
… 그래서
작가님이 계약서도
봐주신다고
했는데,
그 자리에서
날인 안 하고, 집으로
가져왔다고 하니까
엄마보고 지혜로우신
분이랬어.
그런데
이 옷 너무
비싼데,
엄마 내복도 더
좋은 걸로 살 걸 그랬어.
엄마는 그중에서
제일로 예쁜 거
샀으니까 됐어.
음…
… 이거 옷
엄청 따듯하다.
마음도
따듯해지는
것 같아…
잘됐네.

엄마 손은
차가워 보여.
내 손이
따듯하니까
잡으면…
아냐, 오늘 내가 너무
들뜬 걸지도…
부재중
전화
0
그때 엄마가
나한테 연락 한 번도
안 한 걸 보면
엄마는 역시…
너무 낙관적인
생각이야.
엄마가 날
사랑할 수도
있다는 건.
그래서
유진이가~

…
엄마와 나의
유리 같은 행복은
이렇게 삽시간에
깨어졌다.
손 씻어야
되는데…
우리는 그 원인이
서로에게 있다는 것처럼
죄인 된 듯
눈길을 피하고
있었다.
음, 그래
그건 됐어.
남은 시간이
별로 없어, 나는
글을 써야 해.
왜냐하면
이건 일이니까.

…
…

태현 오빠가 내 리본을
쓰다듬으며 말했다.
"너구나… 나만의 공주님…." |
타닥

쓰다듬으며 말했다.
"너구나… 나만의 공주님…."
엄마가 아까날 밀쳤을때 나는 솔직히
안도하고있었다 맞는 엄마를 보지 않아도
된다는 것? 아니 솔직하자
내가 맞지않아도 된다는
나는쓰레기다 이런 쓰레기가 쓰는 글도
쓰레기고 나는 아무 도움도 안 되는 |
타다닥

…
똑똑

미래야, 바빠?
엄마 들어가도 돼?
응,
괜찮아.

내복 입어봤는데
참 따듯하더라.
엄마가
해준 것도 없는데,
우리 딸
참 훌륭하지.
주물
주물

방해되겠다,
엄마 가볼게.
어, 응…

흑…
으흑…

받은 메시지
편집자님
죄송합니다 제
가오늘 분량은
쓰지못할것같
아요 정말죄송
합니다내일부
터는 두배로…
평소에
성실하신 분이…
걱정되네.
혹시 무슨 일
있으신가?

받은 메시지
걱정 마세요 작가님!
푹 쉬시고요 혹시
ㅇㅇ신문 보세요?
이번에 기사가
실렸더라고요!
한번 보…

글 쓸 수
있으려나.
엉망…
엉망이다…
당연하지,
아무것도 달라진 게
없으니까.

김유리
야 오늘
선도부

이렇게 엉망인 날은
또 오랜만이군.
이렇게 빨리
어제 산 양말을
신게 될 줄은
몰랐는데.

어제 산
잠바는?
안 입고 가니?
선도부 뜨는
날이라서,
어차피
뺏겨.
아침부터
엄마 보니까,
또…
어제 일이
생각난다.
학교도
가기 싫다.
아무것도
하기 싫어.
지역 신문 하나
주세요.
여기 아주 독특한 소설과
멋진 작가를 소개한다.
난 그런 사람이
아니야…
… 그런 피해자의
누명을 벗게 해준 것이
바로 이 '인터넷 소설'이다.
'인터넷 소설'이란…
… 사람들은 모두
'아이피녀'가 조작된
해프닝임을 알게 되었다.

'여중생A'
수줍은 영웅

작가는 소설 속 '아이피녀'와 주변 인물들을 가까이서 관찰한 것처럼 생생하게 그리고 있으며 독자들도 작가를 반 학생 중 한 명일 것이라고 추측한다.

또한 이는 그녀의 필명인 '여중생A'와 맞아떨어진다.

그러나 이 평범한 '여중생A'가 한 사람의 삶을 되돌려놓았다.

엄마 앞에서 네코 미미

앗.
엄마
왔어?
움찔

거울

어려운 얼굴, 쉬운 얼굴

가장 많이 그리게 되는 미래!
(주인공이니까)
난이도는 중간 정도입니다.

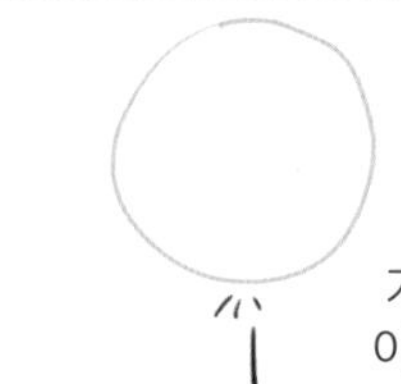

기본적으로
이 원 형태를
벗어날수록
그리기
까다로워요.

미래는 보통
앞머리를 그리고
시작하는데요,

뒤통수를 조금 붕 뜨게
해줘야 한다거나 하는
자잘한 것 때문에 은근히
잔손이 많이 들어갑니다.

백합이랑 재희는
일단 한쪽 머리를 넘기고 시작해서
좀 편해요. 그렇지만
잘생기고 예뻐야 하기 때문에
또 수정을 좀 합니다.

유리나 하늘이같이
원에 맞춰서 그리면 되는
애들은 편해요.
조금 옆얼굴을 고쳐주지만…

재민이는 한때
제일 그리기 쉬운 애였는데
바람 머리를 하면서
약간 까다로워졌어요.

뒷머리를 조금 지우고
삐치게 해줍니다.

태양이가 진짜 그리기
까다로운데 초반에 나와서 더
지저분했던 것 같아요.

단행본에선 초반 태양이 머리를
많이 고쳤어요.

길마도 좀
그릴 때 수정을
많이 하게 돼요.

**그럼 제가 그릴 때
가장 편한 캐릭터는
누구일까요?**

답은 유진이~!

동그라미를 그리고 머리와
안경을 그리면 되니까요.

가장 어려운 캐릭터는?

양선이…

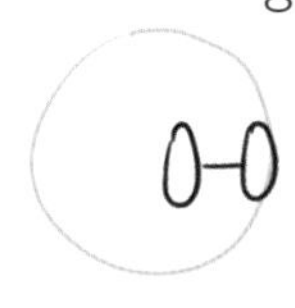

안경이나 앞머리,
뒷머리도 신경 써야
돼서 가장 손이 많이
간답니다.

(이거 그리면서도
많이 고쳤네요 ㅎㅎ)

미래가 추천하는
노래방에서 부르면 분위기가 좋아지는 노래 50선

1	네미시스	베르사이유의 장미
2	네미시스	솜사탕
3	네미시스	이쁜이
4	디제이디오씨	사랑을 아직도 난
5	자우림	새
6	자우림	낙화
7	자우림	이틀 전에 죽은 그녀와의 채팅은
8	자우림	파애
9	이브	I'll Be There
10	이브	집착의 병자
11	이브	너 그럴 때면
12	롤러코스터	습관
13	롤러코스터	러브 바이러스
14	롤러코스터	힘을 내요 미스터 김
15	델리스파이스	챠우챠우
16	델리스파이스	고백
17	델리스파이스	키치죠지의 검은 고양이
18	델리스파이스	뚜빠뚜빠띠
19	링크	비가 와
20	소유진	파라파라 퀸
21	트랜스픽션	내게 돌아와
[illegible]	거리의 시인들	빙
2[illegible]	거리의 시인들	착한 늑대와 나쁜 돼지새끼 3마리
24	Blur	Coffee and TV
[illegible]5	Blur	Girls and Boys

미래가 추천하는
노래방에서 부르면 분위기가 좋아지는 노래 50선

26	이정현	줄래
27	이정현	수리수리 마수리
28	긱스	짝사랑
29	긱스	랄랄라
30	패닉	그 어릿광대의 세 아들들에 대하여
31	패닉	UFO
32	패닉	단도직입
33	스푸키바나나	날 위한 눈물이 아냐
34	크라잉넛	개가 말하네
35	크라잉넛	명동콜링
36	윤종신	몬스터
37	달빛요정역전만루홈런	절룩거리네
38	슈퍼키드	어쩌라고
39	불독맨션	Destiny
40	V.E.I.L	First
41	클래지콰이	내게로 와
42	클래지콰이	Sweety
43	이승열	Secret
44	브리즈	뭐라 할까
45	체리필터	아싸라비아
46	Muse	Time Is Running Out
47	Nirvana	Smells Like Teen spirit
48	Radiohead	Creep
49	W	Shocking Pink Rose
50	원더버드	옛날 사람

여중생A
캘리그래피 이벤트 당선작

여중생A 캘리그래피 이벤트에 이메일, 우편 등을 통해 총 400여 명의 독자님이 참여하셨습니다. 이중 김송희 님의 손글씨는 『여중생A』 박스 세트 제목 글씨로 인쇄됩니다. 참여해주신 모든 분께 감사드립니다.

최우수상

김송희 님

우수상

정민재 님

김규리 님

신수빈 님

운우 님

윤이슬 님

김영인 님

전지송 님

김신우 님

박은철 님

임소희 님

아차상

김태형 님

장하나 님

장은지 님

박지영 님

cye9412 님

고아라 님

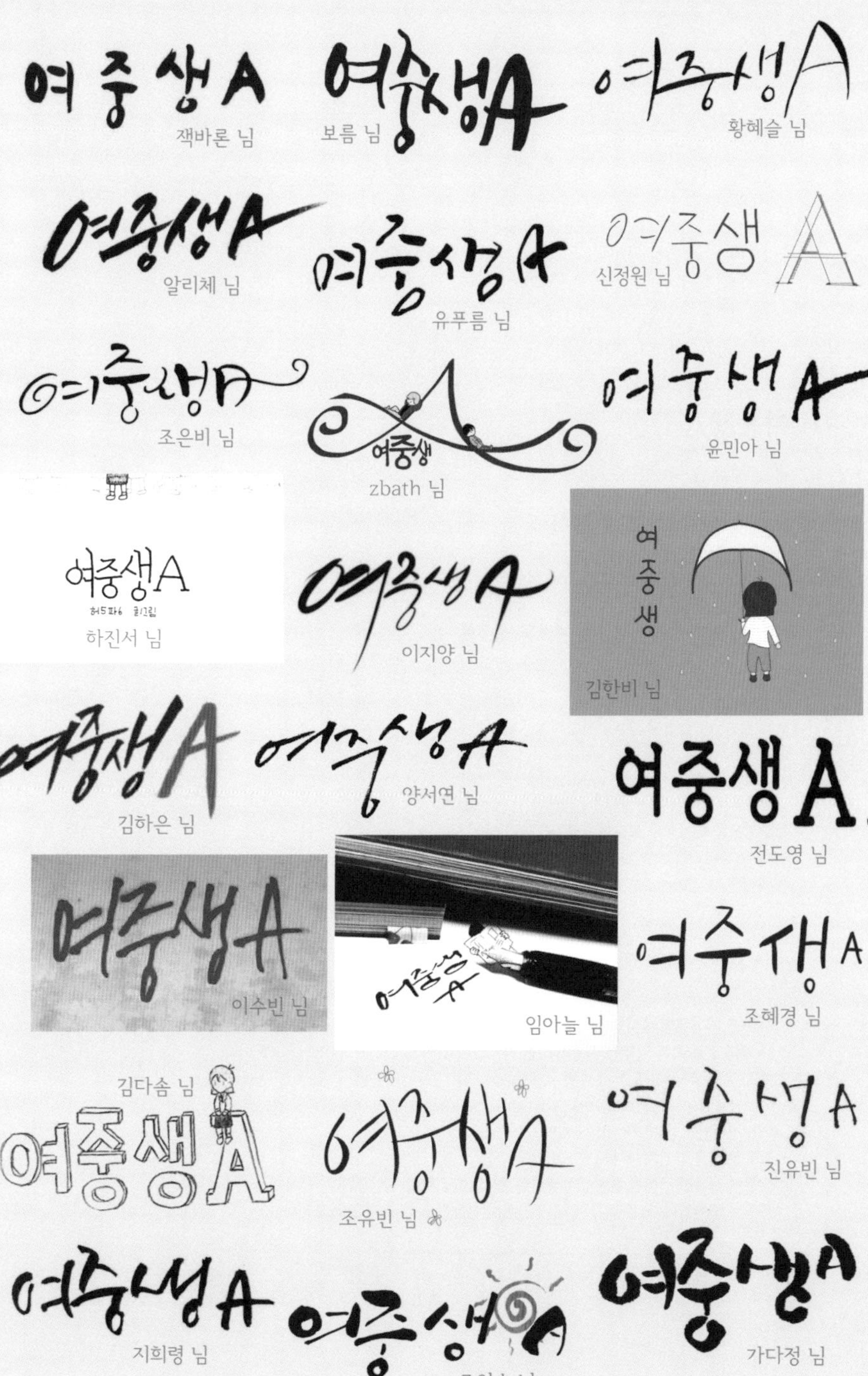

여중생A
잭바론 님
여중생A
보름 님
여중생A
황혜슬 님
여중생A
알리체 님
여중생A
유푸름 님
여중생A
신정원 님
여중생A
조은비 님
여중생A
zbath 님
여중생A
윤민아 님
여중생A
하진서 님
여중생A
이지양 님
여중생
김한비 님
여중생A
김하은 님
여중생A
양서연 님
여중생A.
전도영 님
여중생A
이수빈 님
여중생A
임아늘 님
여중생A
조혜경 님
김다솜 님
여중생A
여중생A
조유빈 님
여중생A
진유빈 님
여중생A
지희령 님
여중생A
조인순 님
여중생A
가다정 님

여중생A 4

지은이 | 허5파6

초판 1쇄 발행일 2017년 7월 3일
초판 5쇄 발행일 2022년 6월 22일

발행인 | 한상준
편집 | 김민정 · 강탁준 · 손지원 · 최정휴 · 정수림
마케팅 | 이상민 · 주영상
관리 | 양은진
표지 디자인 | 조경규
본문 디자인 | 김경희

발행처 | 비아북(ViaBook Publisher)
출판등록 | 제313-2007-218호(2007년 11월 2일)
주소 | 서울시 마포구 월드컵북로 6길 97(연남동 567-40 2층)
전화 | 02-334-6123 전자우편 | crm@viabook.kr
홈페이지 | viabook.kr

ISBN 979-11-86712-46-7 04810

• 이 도서의 국립중앙도서관 출판시도서목록(CIP)은 e-CIP홈페이지(http://www.nl.go.kr/ecip)와 국가자료공동목록시스템(http://www.nl.go.kr/kolisnet)에서 이용하실 수 있습니다. (CIP 제어번호 : CIP2017013496)